WAR GAME HIGH SCHOOL
SAUCY
ウォーゲーム・ハイスクール

▶CONTENTS

ウォーゲーム・ハイスクール

猿ヶ原

MF文庫J

口絵・本文イラスト●まふゆ

序章 ▼ 進化の箱（ダーウィンズボックス）計画

1

「日本、いや世界におけるウォーゲームの歴史が、いま変わろうとしています……！」

世界〈U－15〉ゲーマーズ・チャンピオンシップ――

ウォーゲーム部門――

決勝――

割れんばかりの喝采。溢れんばかりの熱気。

そして、嵐のような歓声。

それらをその一身に集めてフィールドを駆けるのは、一人の少年だった。

「止まらない、止まらない！　誰一人として、彼の快進撃を止めることはできません！」

一人、また一人と、対戦相手であるプレイヤーが地面へと沈んでいく。

少年のHPバーを一ビットたりとも削ることができないままに。

その戦闘芸術ともいえる光景に――

ある者は魅了され、ある者は畏怖し、ある者は熱狂した。

「断言できます。我々はいまウォーゲーム史における転換点を目にしているのだと！」

その日――〈最強のゲーマー〉という称号は彼の代名詞となった。

2

フルダイブ技術。

それは人間の五感を丸ごと仮想空間内で再現することを可能とした夢の技術。

二〇二〇年代前期。

それら技術の発展により、日常ではありえない世界を体験することが可能となる。

魔法やモンスターが存在するファンタジーの世界。

アンドロイドや空飛ぶ車が存在するSFの世界。

歴史の教科書でしか見たことのない過去の世界。

人工的に作られた仮想空間は、非日常に飢えていた人々を虜にする。

そして二〇二〇年代中期。

VRゲーム史における節目とされるその年を彩ったのは、〈VReスポーツ主要一〇カ国対抗戦〉という世界中を巻き込んだ仮想空間内スポーツの祭典であった。

そこで——

総合結果〈　日本：最下位　〉

日本はそんな現実に直面することとなる。

落胆、消沈、失望。

新時代の到来を祝うその祭典を前に最高潮へと達していた活気は裏返り、自国が「VReスポーツ後進国」の一つだという事実に、日本中のゲームファンは肩を落とした。

しかし同時に、その事件は日本のゲーム史における特異点誕生のきっかけとなった。

その特異点の名は——【進化の箱（ダーウィンズボックス）】計画。

黄金成長期（ゴールデンエイジ）。

それは、一生に一度だけしか訪れることのない五歳から十二歳までの期間。

子供の身体能力や運動能力など、あらゆる能力が飛躍的に向上する七年間。

その時期を迎える子供たちを【進化の箱】と呼ばれる施設に集め、義務教育の代わりにゲームに関する英才教育を受けさせる。それが、日本のeスポーツ庁が発表した〈世界で戦うことのできる次世代ゲーマーを生み出すためのプロジェクト〉の詳細だった。

eスポーツ庁は少なくない反対意見を押し切って、すぐにその計画を実行する。

日本中から選抜された子供たちの数は、約一〇〇人。

人々はその黄金成長期の少年少女たちを〈進化の子供(ダーウィンズチルドレン)〉と呼び、日本のゲーム界を照らす新星の誕生を願った。

そして、計画開始から七年後。

――ひとりの怪物が誕生する。

……【進化の箱】に指導者として招かれた数十人のプロゲーマーたちは語る。

「私たちの誰一人として、彼の本気を引き出すことはできなかった」と。

……【進化の箱】に導入された対戦ゲーム特化型AIは語る。

「彼の成長速度は人工知能のそれを凌駕(りょうが)していた」と。

……【進化の箱】の最高責任者は語る。

「この先、彼を越える存在が生まれることはないだろう」と。

プロジェクトに関わった者たちが口を揃(そろ)えて挙げる怪物の名前。

それは――《IS(イズ)》

その後、十三歳の誕生日を迎えて表舞台へと姿を現した少年は、〈U－15〉のゲーマーを参加対象者として開催されているあらゆる大会のタイトルを総なめにした。それも、たった一度の敗北も喫することなく。

日本ゲーム界の至宝。不敗という名を戴く大天才。

あるいは、ゲーム史における特異点そのもの。

そんな彼のことを世間は――〈最高傑作(マスターピース)〉と呼んだ。

「ゲームの神様に一つだけ願いを叶(かな)えてもらえるとすれば、何を願いますか？」

数百人もの記者が詰めかける会見にて、一人のインタビュアーが問う。

「ボクは――」

最高傑作の少年は最後にその答えを残し、忽然(こつぜん)とゲームの世界から姿を消した。

一章▼二度目のチュートリアル

1

世の中には大きく分けて二種類のゲーマーが存在している。

一つが、ひたすら「勝利」や「ハイスコア」を追求するゲーマーたち――ガチ勢。

そしてもう一つが、何よりも「楽しむこと」を重視するゲーマーたち――エンジョイ勢。

オレこと稲荷白斗(いなりしろと)はどちらかというと、後者。純度一〇〇%のエンジョイ勢ゲーマーだ。

「クソゲ――――――――！」

ゲームの世界からログアウトし、開口一番にそう叫ぶ。

そして、たったいままでプレイしていたギャルゲーのケースを窓から投げ捨てた。

ガタンと。思いっきり窓を開けたことにより生じた衝撃で、壁に立てかけてあった〈エンジョイゲーム部〉の看板が揺れる。

「フるんならあんな思わせぶりな態度すんじゃねえ、クソ●●●！　●ね！」

二度とやんねぇよ、こんなクソゲー！

オレはそんな文言を言い放ち、クッションに齧(かじ)りついた。

「くぉらあ！　部の備品は大事にしろ！」

　このエンジョイゲーム部の部長、新庄が顔を赤くしながら詰め寄ってくる。

「いい加減にしないと出禁にするぞ、転校生！」

「上等だオラァ！　つか、いつまで転校生呼びすんだ！　オレがこの学校に転入してきたのもう一年も前の話だぞ！」

「仕方ないだろ！　なんかその印象が一番強いんだから！」

「没個性って言いてぇのかあああああああ！」

　額を突き合わせて火花を散らすオレたち。

「つか、稲荷はさっさとケース回収しに行けし」

と、オレたちの言い合いに割り込んでくる一つの声。

　声の方向へと視線を向けると、そこにはスマートデバイスをいじる女生徒、工藤の姿がある。その風貌を一言で表現するなら……ゲームとは無縁そうなギャル。

「あぁん？」

「なに？　アタシなんか間違ったこと言ってる？」

「……いえ」

「ははははァ！　もっと言ってやれ工藤！」

「新庄も行け。うるせーし」

「……はい」

母親に叱られた子供のようになりながら、オレたちは部室を後にする。

そして数分後、中庭で無事にケースの回収に成功。

「あー、あっちー」

「わざわざ口に出して言うなよ。もっと暑く感じる」

夏休み直前。空に浮かぶ分厚い入道雲を見上げながら、二人揃ってため息を吐く。

「夏休み、なんか予定とかあんのかよ」

「特に。……あー、でも、楽しみにしてることはあるな」

言って、新庄はポケットからスマートデバイスを取り出した。

そしてその画面をこちらへと向けてくる。そこに映し出されていたのは……仮想空間内のフィールドを縦横無尽に駆け巡るプレイヤーたちの姿。

「……ウォーゲームか」

それは仮想空間内で行われるスポーツとして作り出された戦争競技の名称。

仮想空間をフィールドに、最後の一チームになるまで戦うチーム闘技。

そして、いま最も「熱い」とされているコンテンツである。

「そ。いまウォーゲームの競技シーンがクソ盛り上がってるところなんだよ」

興奮を抑えきれない様子で新庄がそう語る。それを見て、オレはハンと鼻を鳴らした。

「公式の大会見てお勉強とか、ガチ勢かっての」

「そんなんじゃねーっての。ただエンタメとして楽しんでるだけだ」

「そうだよなぁ？」

オレたちはあくまでもエンジョイ勢。

楽しむことが最優先というエンジョイズムの精神はなにがあっても忘れてはいけない。

新庄がまだエンジョイ勢の裏切り者でないことを確認したオレは、再び画面上へと視線を落とした。ウォーゲームのルールを理解していないオレにはそこでなにが起こっているかなどまったく分からないが、しばらくボーっとその画面を眺めてみる。

そして——

「にしてもよ……《IS（イズ）》様はどこに消えたんだろうな」

新庄が不意に零（こぼ）した言葉によって、オレの意識は急速に現実へと引き戻された。

「いくら競技シーンに興味がなくても、転校生も《IS》様くらいは知ってるよな？」

「……まあ」

最強のゲーマーは誰か。その質問に対し、一〇人中九人は思い浮かべるであろう人物。

それが《IS》だ。

日本ゲーム界の至宝。ゲーム史に残る大天才。不敗の名を戴く最高傑作。

ソイツは凡人が一生かけても得られない程の名声を十五にも満たない若さで手に入れる。

そして——人々の前から忽然（こつぜん）と姿を消した。……とされている。

「転入生も気になるだろ？　《ＩＳ（イズ）》様失踪事件の真相」

「……おー」

「あれいつの話だったっけか。確か……ああそう、お前が転入してくる少し前くらいだ」

「そうだったか？」

早口でそう返しながら、オレは「どう話題を切り替えようか」と思考を巡らせていた。

この話題はオレにとって深堀りしたくない……いや、されたくないものだから。

「昨日も都市伝説チャンネルで《ＩＳ》様のことが取り上げられててさぁ」

あー、ダメだ。遅かった。

舌が回り始めた新庄（しんじょう）を見て、オレは心の中でため息を吐（つ）く。

別の話題でいまの会話を無理やりぶった切るのは明らかに不自然。ここは潔く諦めて、新庄の話に付き合うしかないか。回転の遅い脳みそで、そんな結論をはじき出す。

直後――

『指切りゲンマン、嘘（うそ）ついたらギガエナジー一気飲みだから！』

『針千本飲んだような強刺激！　強炭酸！』

『ゲーマーの味方、ギガエナジー！』

スマートデバイスから流れ出した音声に、新庄が動きを止めた。

反射的に視線をその音源へとスライドさせると、そこに映し出されていたのは仮想空間内で歌っている美少女の姿。

「おっ、インターネット・ヒロインの小指（こざし）ちゃん」

いま爆発的に売れているエナドリのＣＭ。

突如として画面上に映し出されたソレに気づいた新庄の声のトーンが一段階上がる。

――インターネット・ヒロイン。

それは仮想世界の発展によって新しく生まれた職業。

いわゆる仮想空間上で活動するアイドルのようなもの……だと思う。

詳しくは新庄に尋ねれば聞いていないことまで喋（しゃべ）りだすと思うが、オタクの推し語りほど厄介なものはないと知っているオレは、いつもこの手の話題が出そうになると口を閉ざすようにしていた。そんなオレでも知っている少女。

それがいま新庄のスマートデバイスに映し出されている人物――小指結（むすぶ）だ。

個性的なキャラクターと持って生まれたルックスの良さで、瞬（またた）く間に国民的ヒロインへと成り上がったシンデレラガール。年齢は確か、オレたちの一つ下。人間のデバッグ作業はもっと真面目（まじめ）にやってくれと神様に愚痴りたくなるくらいのハイスペックぶりだ。

「俺は小指ちゃんの声からしか摂取できない栄養素があると思ってんだが、どう思う？」

「頭イっちまってんじゃねーかと思う」

「ああ、可愛（かわい）すぎる……俺はこのＣＭを観（み）るためにウォーゲームの配信を観ていると言っても過言ではない……ふへ、ふへへへへ」

まさに電子ドラッグ。

ドン引きのオレは、恍惚（こうこつ）とした表情になっている新庄（しんじょう）から少し距離を取った。

「お、いたいた」

と、そこにオレのものでも新庄のものでもない、第三者の声が発生。

それがこちらに向けられているものだと理解したオレは、その音源へと目を向ける。

そこにいたのは、エンジョイゲーム部の顧問兼オレのクラスの担任、金子（かねこ）先生だった。

本人曰（いわ）くチャームポイントらしい寝癖が今日も今日とてビヨンと跳ねている。

「今日も部活か？　ったく……ゲームもいいが、そろそろ勉強にも本腰入れてくれよ」

ため息と共に飛んでくる呆（あき）れ声。

いつも微妙な成績しかとれないオレたち二人は、揃（そろ）って「うっ」と声を漏らす。

「だ、だだだ大丈夫、夏休みから本気出すから！」

「目が泳いでんぞー」

ジトという視線をこちらに向けながら、カネセンは再びため息。

「んで、話があるのはお前だ、稲荷（いなり）。心当たりは？」

「……志望校の件スか？」

「はいソレでーす」

教員用のスマートデバイスを操作しながら、カネセンは後頭部を掻く。

「ウチのクラスじゃあもうお前だけだぞ？　志望校決まってないヤツ」

「ぐっ……すんません」

「高校行ってやりたいこととかないのか？」

んなもんあったら志望校なんてもう決まってるっスね、と。

口から出かかったそんな言葉を喉の奥に押し込み、小さく「ないっス」と返す。

「ないかー。うーん……できれば、夏休みまでには決めてもらいたいんだが」

「……善処しやす」

カネセンは「頼むぞー」と念を押すようにオレの肩を叩く。

「あ、あと、最近不審者がここら辺をうろついてるって話だから、気を付けるように」

そして最後にそう付け足し、職員室へと戻っていった。

2

「志望校かぁ」

帰り道。進路調査票のデータに目を落としながら、オレは呟いた。

『高校行ってやりたいこととかないのか？』

先ほどのカネセンの言葉を思い出す。

「やりたいこと、やりたいこと」

……なーんも思い浮かばん。

くそー、敵を倒せば欲しいもんドロップしてくれるって仕組みがあればいいのにな。

そしたら「やりたいこと」だって。

「あー、ダメだダメだ」

ゲーマーの思考に脳が浸食されそうになっているのを感じ取り、オレは頭を横に振る。

ゲームのことを現実にまで持ち込もうとするのは少し危ない。切り替えよう。

顔を上げると、視線の先に大きな電子看板が見えた。

そこに映し出されているのは、つい先ほども目にしたばかりのエナドリのCM。

『指切りゲンマン、嘘（うそ）ついたらギガエナジー一気飲みだから！』

小指結（こざしむすぶ）。少女の自信に満ち溢（あふ）れた表情を目にし、オレは「羨ましいな」と思った。

オレにも「ガチ」になれるものが一つでもあれば、彼女のようになれるのだろうか。

……やめだやめ。考えれば考えるほど、自分の惨めさが浮き彫りになっていくだけだ。

自嘲混じりの息を吐き捨て、歩き出す。

「あのー」

と。そんな声が投げかけられたのは、直後のことだった。

清涼感すら感じられる鈴の音のような声。

「――《IS》というゲーマーを探しているんですけど」

そしてそう続いた言葉に、オレは目を丸くした。

慌てて身体を反転。するとそこにあったのは……フードを深く被った小柄な少女の姿。

『最近不審者がここら辺をうろついてるって話だから、気を付けるように』

再びカネセンの声が脳内で再生される。

まさか目の前にいるコイツが、その不審者ってやつか……？

「知りませんか？　《IS》って人」

黙り込むオレに向かって、再びそう問いかけてくる少女。

「知らねぇ。……です」

下手くそな敬語でそう返す。

すると、少女はフードの奥で大きく目を見開き――

「嘘、ですね！」

目にもとまらぬ速さで、こちらの懐へと飛び込んできた。

「なんっ」

オレは反射的に両手をクロスし、ガードの態勢をとる。しかし、その直後にオレを襲ったのは……ふよん、といった感じの柔らかい感触だった。発生源は右腕。

「聞き込み調査三日目にして、ようやく知ってる人に出会えましたぁ」

一拍おいて、オレは自分が置かれている状況を理解する。

少女が。胸を押し付けるようにして。オレの腕に抱きついている。以上。

「おうっ」

これまでの人生で経験したことのない状況を前にして、オットセイみたいな声が出る。

そして、そこに追い打ちをかけるようにして鼻孔をくすぐってくる甘い香り。

「……っ」

やむを得ない。

心の中でそう呟(つぶや)いたオレは覚悟を決め……脳内で〈親父(おやじ)のケツ〉を思い浮かべた。

これにより、腕に感じる柔らかな感触を相殺(そうさい)。勝った。

「なんてもん想像させんだ！　ブッ飛ばすぞ！」

オレの怒鳴りを真正面から受け、肩をビクリと震わせる少女。

「こ、この技を受けて平然としているとは。アナタ、やりますね」

そして、驚きと動揺が入り混じった声でそう告げてくる。

オレも対応があと数秒でも遅かったら鼻の下伸ばしていただろう。ギリセーフだ。

「なにが目的かは知らねえが、オレに色仕掛けは効かん」

心の中にケツがある限りな。

SAI

「なるほど、なるほどー」

対する不審者女はというと、フードの奥でポッとそう零（こぼ）した後、薄く笑った。

「ですが問題ありません。この行為の目的は色仕掛けではなく拘束なので」

「は……？」

その言葉を聞き、グッと腕に力を込めてみる。……抜けない。

「では、話を戻しますね。――《ＩＳ（イズ）》の居場所、知ってますよねっ？」

「静岡県の東部、神奈川県との県境から太平洋に向かって伸びる半島！」

「その伊豆（いず）ではありませんーっ！　ゲーマーの方の《ＩＳ》ですっ！」

「じゃあ知らん！」

「はい、嘘（うそ）っ！」

オレの右腕を抱き締める少女の両腕に、より強い力が加わる。

「職業柄、人の嘘には敏感なんですっ」

「職業だぁー？　人の嘘を見抜く職業ってなんだよ」

「よくぞ聞いてくれました！」

そう言うと少女はフードの奥で口角を吊（つ）り上げ、すらりとした人差し指を自販機横の電子看板へと向ける。そこには、先ほどから変わらずエナドリのＣＭが映し出されている。

あれがどうした？　そんな疑問を抱きながら、オレは視線を戻す。

すると、少女は勢いよくフードを脱ぎ去り——

「小指結(こざしむすぶ)ちゃん、ここに降臨！」

電子看板に映し出されているものと全く同じ顔で。

自分が世界一可愛(かわい)いと確信しているような自信満々の表情で。

国民的インターネット・ヒロインの少女——小指結はそう言い放った。

「……は？」

本当に信じられないものを目にしたとき、人ってこんな反応するんだ、と。

間抜けヅラと表現するに相応(ふさわ)しい表情を浮かべながら思う。

「………いや待て。待て、待て、待て、待て！」

電子看板に映し出されている少女と目の前に実在している少女を何度も見比べる。

桃色のメッシュが混じった純白の髪。精巧に作られた人形のように整った顔立ち。

そして、ハートのカラコンで覆われている、糖度たっぷりの苺(いちご)のような瞳。

同じ顔、同じ姿、同じ佇(たたず)まい。何度確認しても、目の前の少女は本物の小指結だった。

「アイドルですので、これまで何千何万人というファンや同業者、その他の方々と交流してきました。そして気づいたらなんとなく分かるようになってたんですよね、嘘が」

んなアホな。そう言わんばかりの表情を浮かべると、小指はムッと唇を尖(とが)らせた。

「信じられません？　なら、試してもいいですよ」

「どうやって？」

「う～ん、そうですねぇ……じゃあ、いまから三問！　アナタに質問をしますので、好きーなように答えてください。それが嘘(うそ)か本当か、見抜いて見せますので」

自信満々の表情でそう告げてくる小指(こざし)。

そこまで言うんなら見せてもらおうじゃねーか。

「好きな食べ物はなんですか？」

「カレー」

「はい、嘘ですね」

……正解。

「嫌いな食べ物はなんですか？」

「キノコ」

「これは本当」

……正解。

「じゃあ、昨日食べた夕飯は？」

「……麻婆豆腐(マーボー)」

「ウ、ソ」

……正解。宣言通り、小指はオレが嘘をついているか否(いな)かを当ててみせた。

「これで信じてもらえましたか？」

「……いや、たった三問だけだし、あてずっぽうで全問正解した可能性も」

「むっ。なら一〇問でも二〇問でも試してくれていいですよ」

頬を膨らませながらそう口にする少女。そして、その自信に満ち溢れた瞳を見て悟る。

彼女は本当に〈嘘を見抜く〉というパッシブスキルを保持しているのだと。

「さぁて、今度こそちゃんと吐いてもらいますよ。《IS》に関する情報を」

「……ちなみに、ここで黙秘したり、無理やり逃走を図ろうとした場合は？」

「即座に『変態に襲われましたぁ！』って叫び散らしながら暴れます」

「ヤバすぎお前」

マジの目で言う小指を見て、オレは額に汗を浮かべる。

……くそ。

「分かった。オレが知る限りのコトは話す。だからまず、腕に抱きつくのやめてくれ」

「分かりましたっ」

驚くほど素直に拘束を解く小指。

「……あれ？　もしかしていま『もったいないことした』って後悔しましたぁ？」

「してねえ」

ちょっとだけしか。心の中でそう付け足し、オレは小指へと向き直った。

「つか、まずお前はどこまで知ってんだ。現在の《IS》について」

「ここら辺の中学校に通ってる……かもしれない、ってことくらいですね」

「思ったより全然だな」

さて、なにから話せばいいか。……って、悩んでも仕方ねえか。シンプルにいこう。

覚悟を固める意味を込めて深呼吸を一つ。

「まず、ソイツの名前は——稲荷白斗」

そして、その事実を告げた。

「いなりしろと。……なるほど。ローマ字で表記すると《Inari Shiroto》
……その頭文字を繋げて《IS》ということですか」

頭の回転はやいね、きみ。

「それで、どこに行けば彼に会えますか？」

「どこに行けばっていうか、もう会ってる」

「……はい？」

きょとん、という効果音がぴったりの表情で首を傾げる小指。

オレはその視線を正面から受け止め——

「いまお前の目の前にいるのが……オレが、稲荷白斗だ」

一切の嘘を含んでいないその言葉を、小指へと告げた。

3

「これで信じたかよ」

「いやー、というか、信じる他ないですよね。これを見せられると」

オレの部屋へと足を踏み入れた小指は、クローゼットの中に押し込められているトロフィーと賞状の山を見て乾いた笑いを零した。

その表情には、いくらか動揺の色が滲んでいるように見える。

「……えーっと、稲荷くん？　白斗くん？　《ＩＳ》くん？　なんて呼びましょう」

「別になんでもいいけど」

「じゃあセンパイで。一応こちらが年下ですし」

小指結からの「センパイ」呼び。ファンが知ったらどう思うか。

とりあえず、今日から背後にはより一層注意を向けることにしよう。

「あの、センパイはどうして、突然ゲームの世界から姿を消したんですか？」

単刀直入。真剣な空気を纏い、無遠慮にそう尋ねてくる小指。

やっぱり気になるのはそこか。

「その質問に答える前に、オレもそっちに質問してーんだけど」

ターン制だターン制。

「当然、なんでも答えますよ」

どんとこい、とでも言いたげな表情でピースサインを作る小指（こざし）。

「じゃあ……なんでお前は《IS（イズ）》を探してたんだ？」

「あっ、そうでした。それを何よりも先にお伝えするべきでした」

パンと手を叩（たた）き、懐から一枚の封筒を取り出す小指。

「んだソレ」

「自分で確認してみてください」

おそるおそるソレを受け取り、中のものを取り出す。

入っていたのは……一枚の高級そうなカード。そして、そのカードの表面には〈ウォーゲーム・ハイスクール〉〈招待状〉の文字が二行に分けて記してあった。

「ウォーゲーム……ハイスクール」

聞いたことがある。

曰（いわ）く、そこは「ゲームの実力だけが評価対象」とされている場所。

曰く、そこは試験（テスト）の代わりに戦争（ゲーム）が組み込まれているというゲーマー育成機関。

曰く、そこは最強を目指すエリートたちによる蹴落とし合いが日常である蠱毒（こどく）の壺（つぼ）。

曰く、そこは日本一の財閥——鳳（おおとり）財閥が運営している「ゲーマーのゲーマーによるゲーマーのための」高校。

「改めて自己紹介を。鳳財閥専属のインターネット・ヒロイン、小指結です」

小指はそう言うと、真剣な表情で「では、先ほど受けた質問の答えを」と繋げ――

「ワタシが《ＩＳ》を探していた理由。それは、そのウォーゲーム・ハイスクールへの招待状を渡すため。つまり――センパイをスカウトするためです」

まっすぐにこちらを見据えながら、そう続けた。

「天才が遺憾なくその才能を発揮できる舞台、ウォーゲーム・ハイスクール。そこで暴れまわる《ＩＳ》の姿を見たい。その一心で、ワタシはアナタを探していました」

そしてオレの手元にある招待状を一瞥。

「受け取ってもらえますか？」

……ゲーマーなら誰でも知っているレベルの有名高校への誘い。

本来ならノータイムで「ＹＥＳ」と答えるところなんだろう。しかし――

「いや、オレはいいわ」

オレは淀みない口調でそう答える。

「……なるほど。やはりそうなります、か」

特に驚いた様子もなく、小さくそう零す小指。

断られることになることも想定していた、って感じだ。

「受け取ってもらえない理由を聞いても？」

「……分かった。じゃあ一番重要なことから言うわ」

これは先ほどコイツが口にしていた「センパイはどうして、突然ゲームの世界から姿を消したんですか？」という問いに対する答えにもなるのだが。


「実はオレ——記憶喪失なんだよな」


前髪をかき上げる。そして、その奥にあるものを見せつけた。

……額に深々と刻まれている、一筋の傷跡を。


「っ……」

目を見開く小指。驚愕を孕んだその視線を正面から受け止め、オレは続ける。

「去年の四月十六日。この日付がなんの日付か分かるか？」

「……《IS》が最後に表舞台にその姿を見せた日、ですか？」

「そう。そして公にはなってないが、オレが交通事故に遭った日でもある」

交通事故。オレの口から飛び出した不穏な単語に、小指の表情が強張る。

「いまこうして無事に生活できている姿を見てもらえれば分かる通り、そこまで酷い事故ってワケではなかったんだが……目が覚めた時には、なぜかゲームに関する記憶だけがなくなっちまってたんだと」

　人差し指でこめかみをトントンと叩(たた)きながら、薄く笑う。

「ちなみに残念ながら、ゲームに関する記憶を失っても身体(からだ)は覚えてる、みたいなご都合展開もなかった。つまり、蓄えた知識、磨き上げたセンス、そして積み重ねた経験、それら《IS》を最強のゲーマーたらしめていたものが、いまのオレにはないってことだ」

　そしてそれは、オレと《IS》がもはやまったくの別人だということを意味してる。

「ま、そーいうわけで、この《IS》のために用意されたっつー招待状は受け取れねぇ」

　招待状を元の状態に戻し、小指へと返す。

　少女は少し躊躇(ためら)う様子を見せながら、ソレを受け取った。

　そして、逡巡(しゅんじゅん)の末にそんな問いを投げかけてくる。

「センパイは、《IS》のように選手としてゲームに関わりたいと思わないんですか？」

「思わねーな」

　即答。オレは渋い表情を浮かべて、ハッキリとそう言い切った。

　そうすることで「この話題は深掘りされたくない」という意思表示をしようと試みる。

「でも、いまでもゲームは続けているんですよね」

　しかし小指は引き下がらない。

　床に散乱しているゲームソフトの山に目をやって、続く言葉を紡ぐ。

「つまり、記憶はなくても『ゲームが好き』だという気持ちは失われていないってことですよね。なら本気で――」

「あのさ」

小指（こざし）の話を遮るようにして声を発する。

想像していたよりもずっと低かった声に自分でも驚きながら、オレは続ける。

「ゲーマー全員が、プロになりたいと思ってゲームしてるって決めつけんな」

もっと上手（うま）くなりたい。もっと勝てるようになりたい。ゲーマーとして名を上げたい。

ゲームをやっている以上、そんな欲が出てしまうのは仕方がないことだ。

それは分かっている。だけど……それが全てのゲーマーに通じる共通認識だって決めつけて、人に〈ガチ〉を押し付けようとすんのは、違うだろ。

「お前の周りはどうか知らねえけどな、世の中にはなによりも『楽しみたい』って気持ちを優先してゲームをしてる、いわゆるエンジョイ勢のヤツらも多いんだよ。覚えとけ」

「エンジョイ勢……センパイもその一人だと」

「そうだ」

「――嘘（うそ）、ですよね」

ハッとなり顔を上げる。

するとそこには、すべてを見透かしたような目でこちらを見る小指の顔があった。

動揺。顔に出そうになったその感情を、オレは不機嫌な表情の仮面で覆い隠す。

そして「嘘じゃねえ」という否定の言葉を挟み、

「ゲームなんてただの娯楽にガチになってるヤツらは、心からダセェと思ってるよ」

感情に任せて、ハッキリとそう口にした。

しょせん娯楽。しょせん暇つぶし。しょせん――ゲーム。

そんなモンにガチになるなんてバカバカしい、と。

「ダサい、ですか」

――では、

「センパイはゲーム以外で、なにか本気になれるものを持ってるんですね？」

と。続いた小指のそんな言葉に、オレは息を呑む。

「ぜひ教えてください。いったいそれがなんなのかを」

その目には「逃げることは許さない」という意思が宿っているように見えた。

沈黙。返す言葉が見つからないまま、時間だけが過ぎていく。

「……別に、ねぇけど」

数十秒後。

沈黙に急かされる中、オレの喉がなんとか絞り出したのはそんな答えだった。

「別にない、ですか。つまり、自分は本気になれるものを持っていないのに、センパイはゲームに本気になっている人たちに対して『ダサい』という言葉を吐いた、と」

「……」

「ワタシから言わせてもらうと、そっちの方がよっぽどダサいと思いますけど」

強めの口調でそう告げてくる小指。

清々しいまでの正論を返され、オレは押し黙った。

そして、一拍遅れでオレの胸中へと押し寄せてくる「怒り」の感情。

無関係のお前になんでごちゃごちゃ言われないといけないんだよ、と。感情のままに叫び散らしたい衝動に襲われる。

「……ふー」

深呼吸。喉まで出かかった言葉を空気と共に肺へと押し戻す。

落ち着け。ここでそれを態度に出したら負けだ。ムキになったら負けだ。

揺さぶられるな。ただ淡々と言葉を紡げ。

「ゲームごときにガチになってどうすんだよ」

「ゲームごときに本気になれなくて、それ以上のなにかに本気になれるんですか?」

「——」

張り合うようにしてそう返して来る小指。

その言葉を聞いたオレは、口を噤むしかなかった。

「反論はありませんか？　なら、続けさせてもらいます」

彼女はしゃがみ込み、オレが床に散らかしているゲームソフトのケースを漁(あさ)りだす。

「ロールプレイングゲーム、パズルゲーム、恋愛シミュレーションゲーム……これも、これも、ここにあるゲームは全て、勝ち負けの要素が絡まないものばかり」

「だからなんだよ」

「センパイは——負けるのがこわいんですよね？」

「……あぁ？」

「自分と他人のプレイを比較してしまうというのは、ゲーマーの普遍的な心理です。そしてセンパイの場合、その比較対象はどうしても《ＩＳ(イズ)》になってしまう。彼だったらどうしていたか、彼だったらもっといい結果を導き出すことができていたんじゃないか……常にそんな考えが頭をよぎってしまう。そうして次第に、精神が〈負け＝こわい〉という考えに蝕(むしば)まれていく。結果、安全地帯から本気になっている人たちのことを笑い飛ばすことでしか自分のことを肯定することができない、いまのセンパイが出来上がった、と」

つまり——

「エンジョイ勢という言葉は、それを隠すためのただの言い訳です」

小憎らしい笑み浮かべ、そう締めくくる小指。

対するオレはというと……怒りの許容量が限界を迎えていた。

我慢なんてクソくらえ。顔を真っ赤にしながら、オレは小指を睨みつける。

「オーケー、だったら対戦ゲーでもなんでも持ってこい。ソッコーでテメーをブチ負かして、その澄ました顔を吠え面に塗り替えてやるからよ」

「ワタシ、ゲームは人がやってるのを見る専なんですよねー。そんなワタシに勝っても、なんの証明にもなりませーん。ただセンパイが気持ちよくなるだけでーす」

「って言い訳で逃げるんだな？」

「いえ、代わりにいまからワタシが言うことを達成できたら、吠え面なんていくらでも見せてあげますよ。なんなら土下座してゴメンナサイしたっていいです」

「んな挑発乗るバカいるかよ。どうせ無理難題押しつけてくる気だろ」

「って理由で逃げるんですね？」

「……乗ってやるよ、その挑発」

小悪魔じみた表情で「そうこないとです」と零す小指。

そしてヤツはオレの部屋の一角……大量のゲームソフトが収納してある棚の前へと歩み寄った。そこにあるのは、オレではなく《ＩＳ》が買い集めたゲームソフトの数々。

「うーん……ん、決めました」

そう言って手に取ったのは――《ワンミリオン・ファイターズ》というソフト。

フルダイブ対応のオンライン格闘ゲームだ。

小指はそれを家庭用ＶＲマシン——ダイブギアへとセットし、こちらに渡してくる。

「このゲームで五勝すること。それができたら、センパイの勝ちとします」

「オーライ。期限は？」

「んー、じゃあ明後日（あさって）！　日曜日の二十四時までで！」

つーことは約二日間。それまでに五勝……たったの五勝なら……いける。

「では二日後を楽しみにしておきます」

小指が部屋を出ていくのを見送り、オレは大きく息を吐く。

『センパイは——負けるのがこわいんですよね？』

こちらをバカにするような声音で再生される小指の言葉。

それに煽（あお）られるようにして、オレはすぐさまダイブギアを頭へとセットした。

4

あっという間に時は過ぎ去り、気づけば日曜日の二十三時。

約束の時間まで残り一時間を切る。

「さて、それでは確認しにいきますか」

ワタシ——小指結（むすぶ）はダイブギアを装着する。

そして先日購入したばかりの《ワンミリオン・ファイターズ》へとログインした。

「にしても、流石に意地悪が過ぎましたかね」

視界端に浮かび上がった《NOW LOADING》の文字を見て、そう呟く。

――《ワンミリオン・ファイターズ》

このゲームは、格ゲー界隈でも〈初心者お断りゲー〉として有名な作品であった。

その原因はマッチングシステムにある。

格闘ゲームは〈一対一で戦うのが基本〉という性質上、どうしてもプレイヤー間の実力差が顕著に出てしまう。そうなると必然的に「勝つこと」を至上とするストイックなプレイヤーの割合だけが増えていく。そして、それに反比例するように「楽しむこと」を第一に考えるエンジョイ勢の割合は減っていく。なぜなら、対戦ゲームにおいて「勝てないこと」ほど楽しくないことはないから。

そういった状況の進行を食い止めるために導入されているのが〈ランクマッチ〉だ。上級者は上級者同士。中級者は中級者同士。初心者は初心者同士。近いランクのプレイヤー同士で戦わせることで、プレイヤー間の実力差を限りなく小さくし、初心者でも勝つ楽しみを味わえる環境を作る。それを可能としているのが、ランクマッチという対戦形式。

しかし、この《ワンミリオン・ファイターズ》というゲームには、それが実装されていない。実力でプレイヤーが振り分けられるシステムがない。その結果――初心者でも当たり前のように上級者とマッチングしてしまうという地獄のような環境が生まれる。
以上が、このゲームが〈初心者お断りゲー〉として名を馳せている理由。
初心者が《ワンミリオン・ファイターズ》に挑む。
それはさながら、飢えた肉食動物が跋扈する魔境に兎が一匹飛び込むようなもの。
「心が折れてなければいいのですが」
ワタシは仮想空間に降り立つと同時にフレンドリストを開いた。
シロト。そのプレイヤー名の隣には……《ログイン中》の文字が映し出されている。
「逃げてはいない、と」
どれどれ、センパイの頑張りはどれほどのものか。
手元のウィンドウを操作し、《シロト》の戦績が記されているページを開く。
――《　勝利数：０　》
最初に視界へと飛び込んできたその文字に、心臓がキュッとなる。
運よく初心者に当たって勝てた、みたいなことも起こりませんでしたか。
「これは流石に申し訳――」
直後、ワタシはページ上のとある文字を視線で捉え、目を見開いた。
――《　敗北数：６４１　》
そのテキストは、センパイが六百四十一回も試合をしたということを意味するもの。

多い。あまりにも多すぎる。

「っ」

ページをスライドさせ、センパイの《総プレイ時間》を確認する。

そして――驚愕を通り越して呆然とした。


――《総プレイ時間：48時間01分09秒　》


四十八時間越え。その数字が示していることは――

「まさか、ずっとこのゲームにログインし続けていた……？」

金曜日の夜以降ずっと。それも一睡もすることなく。

「……あはは。なーにがエンジョイ勢ですか」

無意識に乾いた笑いが唇から漏れる。

まったく、負けず嫌いにも程があるでしょう。

「断言します、センパイ。アナタは間違いなくガチ勢に分類されるゲーマーです」

それも純度１００％の。

チラリと横目で時計を見る。タイムリミットまで、残り五十一分。

「では、見届けさせてもらいます」

――稲荷白斗(いなりしろと)というゲーマーの、本当の誕生の瞬間を。
加速する心臓の音を聞きながら、ワタシは《観戦》の文字をタップした。

＝＝＝

――《ＹＯＵ　ＬＯＳＥ》
右の強パンチに顎を砕かれ、ＨＰがゼロになる。
込み上げてくる悔しさを噛(か)み締めながら、《ＴＲＹ　ＡＧＡＩＮ》の文字に触れる。
――《ＹＯＵ　ＬＯＳＥ》
左の小パンチに頬(ほお)を打ち抜かれ、ＨＰがゼロになる。
二度と同じ負け方をしないと心に誓いながら、《ＴＲＹ　ＡＧＡＩＮ》の文字に触れる。
――《ＹＯＵ　ＬＯＳＥ》
左の強キックで鳩尾(みぞおち)を貫かれ、ＨＰがゼロになる。
言い訳を探そうとする自分を叱責しながら、《ＴＲＹ　ＡＧＡＩＮ》の文字に触れる。
――《ＹＯＵ　ＬＯＳＥ》
負ける度に、刃物を砥石(といし)で研磨しているような感覚に陥っていく。
研ぐ、研ぐ、研ぐ。ひたすら己を研ぐ。

――《ＹＯＵ　ＬＯＳＥ》
負ける度に、絡まった糸をほどいているような感覚に陥っていく。
解す、解す、解す。ひたすら感情の糸を解す。
――《ＹＯＵ　ＬＯＳＥ》
『センパイは――負けるのがこわいんですよね？』
『エンジョイ勢という言葉は、それを隠すためのただの言い訳です』
不意に、小指からぶつけられた言葉を思い出す。
その言葉を受けて、オレは苛ついた。なぜなら……図星だったから。
オレは恐れていたのだ。ゲームで敗北し、自分の無価値さが浮き彫りになることを。
――《ＹＯＵ　ＬＯＳＥ》
だけど、実際に負けてみて浮き彫りになったのは――「死ぬほど悔しい」という感情。
そして「なにがなんでも勝ちたい」という欲望だった。
それはゲーマーとしての本能と呼べるものなのかもしれない。
勝利への飢餓。呼び覚まされたソレが、胸の奥底で燻っていた熾火を燃え上がらせる。
極限と呼べる戦いの中で生じた熱が、出口を求めて身体の中で暴れまわる。
――《ＹＯＵ　ＬＯＳＥ》
時間のことなんて、とうに頭の中から消え去っていた。

いまはただ――勝ちたい。勝利の味をもって、この〈渇き〉を潤したい。

――《 YOU LOSE 》

目の前に次の対戦相手が現れる。

オレは地面を蹴り砕き、地を這うようにして駆け出した。

思考が超加速する。沸騰しているのではないかと錯覚するほどに、脳が熱を帯びていく。

考えろ、考えろ、考えろ。なんとなくで次の行動を決めようとするな。

敵の一挙手一投足から情報を汲み取り、次の行動へと繋げろ。

「――」

バチンと。その瞬間、オレの中でなにかのスイッチが切り替わる音を聞いた。

直後、視界から色が失われる。

それだけじゃない。味が失われる。雑音が失われる。においが失われる。

そして、脊髄が痺れるほどの全能感が全身を包み込んだ。

「フッ――！」

小パンチ。中パンチ。強キック。

相手の攻撃が全て見える。次の動作が手に取るように分かる。

『戦いの中で強くなる』

漫画などでよく耳にする言葉。いまこの瞬間、オレはその言葉の真の意味を理解した。

それは、戦いの中で新しいなにかを吸収していくこと――ではない。

それは、戦いの中で無駄なものを捨てていくこと。

刃物から錆を落とすように。身体から贅肉を削り取るように。

「あっ」

焦り。対峙している相手の顔に、そんな感情の色が滲む。

大ぶりの強パンチ。その技の〈起こり〉を察知した時には、既に身体が動き出していた。

相手の動きを読む。そして――動く先へと攻撃を置いた。

「――ッ！」

ジャストミート。バチンという音と共に相手の身体が仰け反る。

追撃。状況を理解する暇すら与えず、小パンチから始まるコンボを叩き込んでいく。

乱打、乱打、乱打。ダメージの発生を告げるエフェクトが火花のように弾ける。

乱打、乱打、乱打、乱打、攻撃の着弾を告げる効果音が雷鳴のように響く。

乱打、乱打、乱打、乱打、乱打、乱打、乱打、乱打、乱打。

そして――拳が空を切った。

「………あれ」

視界に色が戻る。味が戻る。音が戻る。においが戻る。

――《ＹＯＵ　ＷＩＮ》


初めて目にするシステムメッセージ。

オレはその文字の意味を理解するのに、たっぷり数十秒の時間を要した。

「……勝ち……？」

しばらくして、ソレはオレを襲ってきた。

舌を焼き焦がすほど熱く、脳が溶けるくらい甘やかで、脊髄が痺れるくらい刺激的。

ソレの名前は――勝利の味。

「っ、っ、っ」

収まらない火照り。

どうしようもないくらいの熱が、身体の中で暴れまわっている。

オレはその熱の奔流に出口を与えるようにして口を開き――

「ああああああああああああああああああああああああ！」

獣のごとき咆哮を、部屋中に響かせた。

＝＝＝

ワタシの耳に、それは産声のように聞こえた。
勝つことでしか飢えを満たすことができない、腹を空かせた獣の産声。
「勝利。その味を知ったら、もう後戻りはできませんよ」
渇きが潤うどころか、味わえば味わうほど「もっと欲しい」という欲が増していく。
それが勝利というものの厄介なところだ。
「これはもう必要ありませんね」
手に取ったウォーゲーム・ハイスクールへの招待状を、勢い良く破り捨てる。
彼は必ずウォーゲーム・ハイスクールへと引き寄せられる。
そして、こんなものがなくとも入学資格を掴み取ってみせるはずだ。
「ふふ、楽しみです」
胸の高鳴りを感じながら、ワタシは壁のモニターへと目をやる。
そこに映し出されているのは、多くの記者たちに囲まれている一人の少年の姿。
何度見返したかも分からない、インタビューを受けている《ＩＳ》の映像。
一問一答形式。画面の奥で、少年への質問とそれに対する答えが飛び交う。
『挫折経験はありますか？』
『特に』
『じゃあ、自分の弱点だと思う点などは？』

SAUCY

『特に』

感情の窺(うかが)えない表情で質問を切り捨てていく少年。

しかし――

『では、ゲームの神様に一つだけ願いを叶(かな)えてもらえるとすれば、何を願いますか？』

そんな質問を前にして、これまでどんな質問にも即答していた彼は初めて口を噤(つぐ)む。

そして一〇秒か、二〇秒か。少年はしばらくして顔を上げると、

『ボクは――敗北を知ったもう一人の自分と、戦ってみたいです』

そう答えた。

『ボクはこれまで、何千、何万というプレイヤーと戦ってきました』

『その中で特にこわいと思った相手が、いわゆる〈負けず嫌い〉と呼ばれる人たちです』

『彼らは負ける度に強くなっていく。ボクにどれだけコテンパンにされても、次に戦う時には必ず一回りも二回りも成長した姿で戻ってくる。そして、まるで勝利に飢えた猛獣のような目で、こちらの喉にその牙を突き立てようとしてくるんです』

少年は何かを思い出そうとするように目を閉じ、僅かに口元を綻ばせる。

『ボクは、一度もゲームで負けたことがありません』

『だから、よく想像しているんです。何度も敗北を重ねて、それでも強くなろうと立ち上がる負けず嫌いのボクが存在するとすれば』

ゆっくりと持ち上げられるまぶた。そして——

『どっちのボクが強いんだろうな、って』

カメラを真っ直ぐに見て、少年は言った。画面の奥にいる誰かに語りかけるように。

「これではまるで……挑戦状です」

——《IS》だった時の記憶を失った。

センパイからそう告げられたとき、ワタシは一本の線が繋がったような感覚を覚えた。孤独とは優れた才能を持つ人々を飲み込む運命そのものだ。つまり《IS》はその孤独から救い出してほしくて、センパイ——不完全な《IS》生み出したのではないか、と。

「まったく、いったいどこからどこまでが、アナタの思い通りの展開なんでしょうね」

僅かな興奮を孕んだ声が唇から漏れる。

そして自分以外誰もいない部屋の中へとゆっくりと溶けていった。

二章▼クリティカル・センス

1

——ウォーゲーム・ハイスクール

そこは、日本では珍しい招待制の高校だ。

VReスポーツ関連の実績を持つ者。リアルで活躍しているアスリート。

そして——【進化の箱（ダーウインズボックス）】の卒業生。

生徒の九割以上が将来ウォーゲームの競技シーンで活躍することを期待されているエリートたちで構成されているという、完全実力至上主義の場所。

そんな場所に凡才であるオレのような人間が足を踏（ふ）み入れるためには。

僅か数名にしか用意されていない席——〈特別招待生枠〉を手にするしかない。

……狭き門にも程があるだろーが。

スマートデバイスの電源を切り、机に突っ伏す。

すると数秒も経（た）たないうちに、腹の底からあるものがグツグツと込み上げてくる。

数日前……《ワンミリオン・ファイターズ》で初めて勝利した瞬間に味わった、あの感情が。頭がおかしくなってしまいそうになるほどの興奮が。

「おーい、稲荷(いなり)」

あのとき目にした光景が忘れられない。脳みそにこびりついて離れてくれない。

「起きろー、稲荷」

あの味が忘れられない。舌だけではなく五感全てで味わった、あの勝利の味が。

「さーん、にー、いーち」

つか、アイツ……小指(こざし)はいったいなにをしてんだ？　二日間というタイムリミットを過ぎても連絡ひとつ寄越(よこ)さないで。忙しいのか？　それとも、オレがあのゲームで五勝すらできない凡ゲーマーだと知って、興味を失った？

……あー、くそ。なんでこんなにアイツに心乱されないといけねーんだよ。

「こら」

ぱこん、という小気味よい音とともに、後頭部になにかを叩(たた)きつけられた。

のそのそ、という表現がぴったりの動きで顔を上げる。眼前にはカネセンの顔。

「……はよっス」

あくびを噛(か)みながらそう言うと、カネセンはこめかみに青筋を浮かび上がらせる。

そして、僅かに震えた声で「授業が終わったら職員室にこい」と零(こぼ)した。

「お前、なんかあったか？」

「……はい？」

「朝から様子が変だぞ。常に上の空というか、心ここにあらずというか」

マジか。日常生活に影響がでるくらいゲームに脳を支配されているとは。

「気ぃつけます」

そう言って頭を下げると、カネセンは「そうしてくれ」と返してイスにもたれかかる。

「ああ、そうだ。志望校決めは進んでいるか？」

志望校。その単語を耳にしたオレの脳は……ウォーゲーム・ハイスクールを連想した。

「お、その顔は『見つけた』って顔か？」

ニヤリと笑いながら言うカネセンを見て、オレは目を丸くする。

「分かります？」

「おう。心なしか、先週よりスッキリした感じに見えるな」

「マジか」と口元に手を当てて思いながら、オレは頭の中で言いたいことを整理する。

「いや、でも完全に決めたってワケじゃなくて、まだなんとなく『いいかもなー』って考えてる程度で……合格すんのも、オレじゃなくてちょっと厳しいかなー……って感じで」

はい、全然整理できませんでした。もっと真剣に国語の授業受けます。

「ほーん。んで、どこなんだ、その『いいかもなー』って思ってる高校ってのは」

「……ウォーゲーム・ハイスクールっス」

「おー、ウォーゲーム・ハイスクールかぁ。…………はっ？」

目をくわっと見開き、こちらに身を乗り出してくるカネセン。

「ウォーゲーム・ハイスクールって、あのウォーゲーム・ハイスクールか？」

「おそらく、そのウォーゲーム・ハイスクールで間違いないかと」

「いや、でもお前、ゲームは楽しむのが一番だって口癖みたいに言ってたじゃんか」

「そうなんすけど、ちょっと色々ありましてですね」

先日の出来事を想起しながら零(こぼ)す。

その様子を見て、オレが冗談を言っているワケではないと悟ったのだろう。

カネセンは即座に教師の顔になり、こちらを真(ま)っ直(す)ぐに見据えてくる。

「ウォーゲーム・ハイスクールの〈特別招待生選抜試験(セレクション)〉といえば、毎年その試験内容がバラバラなことで有名だ。つまり、対策のしようがないってことだな。それを踏まえたとしても、お前の意思は変わらないか？」

「変わらないっスね」

「……オーケー。なら俺はもうどうこう言わない。ただ、ちゃんと滑り止めは受けろよ」

困ったように息を吐きながらも、カネセンの顔はどこか嬉(うれ)しそうでもあった。

「あー、そういえば、七組にも一人ウォーゲーム・ハイスクールを志望してる子がいるって誰かが言ってたような」

「え、マジすか？」

「おう。せっかくだ、同じ高校を志望する者として、話でも聞きにいってみろよ」

言って、カネセンは教師用スマートデバイスを操作しだす。

その画面に映し出されているのは、生徒の情報を閲覧するためのページ。

数秒後。カネセンが画面をスワイプしていた指をピタリと止め、顔を上げる。

そしてその顔には……ニヤニヤという表現がぴったりの表情が浮かび上がっていた。

「な、なんすか」

「喜べ稲荷(いなり)。どうやら例の生徒、女子みたいだぞ」

「へ？　ああ、はい」

「しかも超かわいい。良かったたな、高嶺(たかね)の花に近づく口実ができて」

「このこの」と肘を当ててくるカネセン。

解雇しろ、こんな教師。

＝＝＝

放課後。ホームルームを終えたオレはソッコーで七組へと向かっていた。

ウォーゲーム・ハイスクールを志望しているという生徒への接触を図るために。

カネセンから教えてもらったその生徒の名前は——九曜姫凛。
初めて耳にした名前だった。
ま、この学校に来てからはずっと自分の教室と部室だけが主な行動範囲だったしな。
顔と名前が一致している他クラスの生徒なんて、本当に数人しかいない。
「お、ちょうど良かったか」
七組の前に到着すると同時に、教室内から「気をつけ、礼」の声が聞こえた。
オレはポケットから引き抜いた手を遠慮なく伸ばす。
そして、指先がドアに触れようとした、その時だった。
「あたっ」
勢いよく開かれたドアの奥から飛び出してきた少女に衝突され、オレは尻もちをつく。
同様に、ぶつかってきた少女もその場に倒れ込んだ。
……スクールバッグから、色々なものをぶちまけさせながら。
「……すみません」
こちらに軽く頭を下げてから、落とした物を拾い始める少女。
流石にここで立ち去るのはどうかと思い、オレもそれを手伝うことにした。
チラリと少女の顔へと視線を向けてみる。
一番に頭に浮かんだのは、「大人しそうな子だな」という印象。

二つ結びにされた黒髪に、メガネの奥に見える冷たい氷を思わせるような蒼(あお)の瞳。

そして、最近小指(こざし)という最強の顔面を持つ少女のせいで「かわいい」という感覚が麻痺(まひ)しかけていたオレから見ても、掛け値なしに「超かわいい」と言えるほど整った顔立ち。

「……ん？」

ピタリと手を止める。

『喜べ稲荷(いなり)。どうやら例の生徒、女子みたいだぞ』

『しかも超かわいい。良かったな、高嶺(たかね)の花に近づく口実ができて』

想起されるのは、先ほどカネセンがニヤつきながら口にしていた言葉。

まさか。

オレは一冊のノートを拾い上げ、その名前の欄に視線を這(は)わせる。

九曜姫凜(くようひめり)。オレが探している生徒の名前が、そこには記されていた。

コイツが――

「急いでいるので。それでは」

オレの手からノートを抜き取り、こちらに背を向ける九曜。

「あ、ちょ」

引きとめようと手を伸ばすが、遅かった。

オレの声を振り切るようにして去って行く少女。小さくなっていく背中。

追うか？　そんな選択肢が脳内に浮かぶのと、ほぼ同時。

教室の入口にポッンと置き去りにされているある物の存在が視界に映った。

それは……ウォーゲーム・ハイスクールのパンフレット。

「イマドキ、紙のパンフレットって……」

ポツリと零しながらオレはソレを拾い上げる。

そしてギョッとした。そのパンフレットにビッシリと貼り付けてある、付箋の存在に。

「真面目すぎるだろ」

乾いた笑いが漏れる。

そして不躾であることを理解しながら、オレはパラパラとページを捲った。

しばらくして。あるワードを視界に映したオレは、ページを捲る手を止める。

「オープン、スクール……？」

それは、入学を検討している生徒に学校への理解度を深めてもらうため、高校や大学などの教育機関が校舎を開放して開催するイベント。

当然、ウォーゲーム・ハイスクールも例に漏れず、その催しを行っているとのこと。

「行ってみる、か？」

幸い明日から夏休みだしな。

それに、このパンフレットも九曜に渡さねーといけないし。

目的を定めたオレは、付箋だらけのパンフレットを丁寧に畳んで歩き出した。

2

夏休みに突入してから、はや二日。

その日、オレはバスに乗ってウォーゲーム・ハイスクールを訪れていた。

「まさか、夏休み中ずっと校舎を開放してるなんてなぁ……」

終点である〈ウォーゲーム・ハイスクール校門前〉でバスを降り、小さくそう零す。

そして、目前にある光景とパンフレットに載っている写真を見比べ、感嘆の息を吐く。

間違いない。ここが日本一のゲーマー育成機関、ウォーゲーム・ハイスクールの入口。

「これ、入ってもいいんだよな」

特に受付などが見当たらず、不安の声を漏らしてしまう。

が、ここで突っ立っていても仕方がない。

ええいままよ、と半ばやけくそになりながらオレは足を踏み出した。

本校舎に続く並木道を歩きながら周囲を観察する。

流石は日本一の財閥が管理している高校。巨大な建物が軒を連ねるその光景は壮観の一言だった。校内マップを確認すれば、コンビニ、映画館、温泉、室内プールと、本来は高校にあるはずのない施設まで確認することができる。

凄(すご)いを通り越して意味分からん。なんこれ。

「……さて」

と、その敷地内を大体一周し終えたところで、オレは立ち止まった。

……どうしよう。早くもやることがなくなってしまった。ここから先はノープランだ。

というか、こんなに早くこんな状態になるとは思ってもいなかった。

オープンスクールならではのイベントなんかも一切見当たらない。

どうしよ。このままここに突っ立ってるワケにもいかねーし。

「むー？　きみは学校を見学しに来た中学生の子かい？」

――と。そんな声がオレの耳へと届いたのは、直後のことだった。

振り向く。するとそこにあったのは、長い髪が特徴的な一人の女性の姿。

目の下に黒々と浮かび上がっているクマに乱れた白衣。その様相をひと言で表すとすれば――マッドサイエンティスト。

「ああ、警戒しないでくれ。私はただの教師さ」

身構えるオレを見て、クマ女は首に下げている身分証を見せてきた。

そこには確かに、彼女がこの学校の教員であることの証拠が記されている。

僅かに警戒心を解きながら、身分証上の氏名欄へと視線をスライドさせる。

——御門一華（みかどいちか）。どうやら、それがこの人の名前らしい。

「あーっと、稲荷白斗（いなりしろと）っス」

「うん、ちゃんと自己紹介できて偉いね。よろしく稲荷君」

口元に不気味と表現するに相応（ふさわ）しい笑みを浮かべながらそう口にする御門。……サン。

その小さい子どもを相手にしているような態度にオレは思わず眉根を寄せてしまうが、彼女はそれに気づく様子もなく「話は戻るけど」と続ける。

「こんなところで一人なにをしていたんだい？　道にでも迷ったのかな？」

「あー、実は」

説明タイム。現状を打破するきっかけになればと、現在に至るまでの経緯を紡いでいく。

「——って感じで」

「なるほど、校内をひと通り見て回って、やることがなくなってしまった。それでこれからどうしようか途方に暮れていた、と」

わざわざオレの話をまとめてくれた御門サンに「っス」と返し、首肯。

「……フフ」

と、突然口元に手を当てて笑い出す御門サン。こわい。

「な、なんすか」

後退（あとずさ）るオレの前で、御門サンは「いや失礼」と零（こぼ）し、

「ひとつ言わせてくれ。——君はまだこの学校の入口にすら立っていない」

そう続けた。それには思わず、オレも「はい？」と間抜けな表情を晒(さら)してしまう。

「よし、では今から君を、本当のウォーゲーム・ハイスクールへと案内してあげよう」

ついてきたまえ、と。こちらに背を向けて歩き出す御門(みかど)サン。

オレは黙ってその後を追うことにする。

「目的地までは少し距離がある。少しゲームでもしながら歩こう」

「ゲーム？」

「そう。といっても、じゃんけんで勝った方が負けた方に質問することができる……という至極単純なゲームさ。質問は一勝利につき一回。どうだい？」

「いいっスよ」

知りたかったこともあるしちょうどいいや、と軽い気持ちで御門サンの提案に乗る。

そして約三分後。

「御門サンって、じゃんけんの競技シーンにいる人かなんかっすか……？」

五戦全敗という結果を前にし、オレは戦慄していた。

「フフ、運が良かっただけさ」

チョキを形どっている右手をこちらに向け、目じりを下げる御門サン。

嘘(うそ)つけ。絶対こっちのクセかなんか掴(つか)んでるだろ。そうじゃなきゃチートだチート。

「もう一戦お願いします」

「待った待った、五勝目の分の質問タイムがまだだよ」

あれ、そうだったっけか。

ムキになっていたオレは「すんません」と零しつつ、伸ばしかけていた手を引っ込める。

「次の質問はー……んー、どうしよ」

顎に指を当てて考え込む御門サン。質問のネタも底を突いてしまっている様子だ。

ちなみにこれまでの質問は、「よくやるゲームは？」とか「苦手なゲームは？」といった、ごくフツーのものだった。それ知ってどうすんの、って感じの。

故に。

「じゃあ——キミにとって、《IS》とはどういう存在だい？」

直後、御門サンの口から放たれたそんな質問に、オレは激しく動揺する。

完全にメタられているとしか思えない質問。

もしかしてこの人、オレが《IS》だってことを知っている……？

「ん？　そんなに驚くような質問だったかい？」

「え、んあ、いや」

不思議そうに首を傾げながら言う御門サンに、オレは慌てて首を横に振る。

どうやら、そういうワケではないらしい。ただ単に、オレが同年代のスター的存在である《IS(イズ)》についてどう思っているのか知りたかった……ということか。

「ちょっと待ってください。考えてみます」

そして黙考すること三〇秒。

「……あんまり言いたくない答えかもです」

次にオレの口から出てきたのは、そんな言葉だった。

「そう言われるとますます気になるね」

「あー……絶対笑わないって約束してくれるんなら」

「約束するよ。絶対に笑わない」

立ち止まって、真剣な空気を帯びた表情をこちらに向けてくる御門(みかど)サン。

それを見て意を決したオレは、小さく息を吸い込む。

オレにとっての《IS》とは——

「……ライバル……っす」

「……クク」

おいー？　笑わないって約束？

「いやいや、すまない。バカにしているわけではないんだ。なんというか、凄(すご)く私好みの回答だったから、ついね」

「あーもう、次いきましょう次……！」

オレは無理やり話をぶった切り、次のじゃんけんを促すべく右手を持ち上げる。

渋々といった様子でそれに応じる御門サン。

じゃん、けん、ぽん。

「お、おおおっ」

こちらはグー。対する御門サンはチョキ。つまり勝者はオレ。

「初勝利おめでとう。それじゃあ質問をどうぞ」

小さい子供を見るように、生暖かい目をこちらに向けてくる御門サン。やめてくれ。

「じゃあ、御門サンは《ＩＳ》のことどう思ってるんスか」

しばらくして思い浮かんだのは、そんな質問だった。

単純に興味があった。日本一と呼ばれるほどのゲーマー育成機関……に属するゲームのスペシャリストから見た《ＩＳ》とは、どのような存在なのだろうか。

「んー、そうだね」

御門サンは少し困ったような表情を浮かべながら、その口を開く。

「私は――いなくなってくれて良かった存在だと思っているよ」

これっぽっちも予想していなかったその答えに、思考が停止する。

途切れる会話。歩くオレたちの間に沈黙が横たわったまま、数秒の時が経過する。

「はい、到着したよ。ゲームはここまで、だね」

と。しばらくして振り返った御門サンの顔は、元通りになっていた。

オレはホッと息を吐きながら顔を上げる。するとそこには、入口横に〈ダイブセンター〉と書かれている一際巨大な建物があった。

「それじゃあ本題に移ろうか」

そして彼女は、目の前に聳え立っている建物についての説明を始めた。

――ダイブセンター。

この場所では、高性能ダイブギアと、ソレを利用するための快適な環境の貸し出しが行われているらしい。ウォーゲーム・ハイスクールの生徒や、オレのような外部からの訪問客は、ここで手続きを行えばそれらの恩恵を受けられるのだという。

「ウォーゲーム・ハイスクールにはね――仮想空間内校舎も存在しているんだよ」

仮想空間内校舎。その言葉を聞いて、オレはなるほどと思った。

御門サンが言っていた「きみはまだこの学校の入口にすら立っていない」という言葉を思い出す。つまりこの先……仮想空間内にあるウォーゲーム・ハイスクールこそが「本丸」だということなのだろう。

「それじゃあ、いってらっしゃい」

受付を済ませたオレに、そう言って笑いかけてくる御門サン。

オレはそれに下手くそなお辞儀を返し、恐る恐るダイブセンターへと足を踏み入れた。

＝＝＝

遠ざかっていく少年の背中。

それを見送った御門は、懐からゆっくりとスマートデバイスを取り出した。

『はい、こちらウォーゲーム・ハイスクール〈システム管理室〉です』

「あー、私、御門だけど」

『はいはい。見ていましたよ、校内カメラにしっかりバッチリ映ってたので』

「そう？　なら話は早いね。——いまの彼、通過でいいから」

『了解でーす。……にしても、これを夏休みの間ずっと、ですか』

「ん？　なにやら、文句でも言いたそうな様子だね」

『そりゃあ、文句の一つや二つ言いたくもなりますよ！　御門先生が「〈特別招待生選抜試験(セレクション)〉に〇(ゼロ)次試験を追加したい」なんてゴネたせいで、こうやって夏休みも登校することになってるんですから！　まったくもう、これまで通り足切りは書類選考でしていれば、受験者の選抜なんて三日もかからずに終わったのににぃ……！』

「だから、書類選考は嫌いなんだって。アレじゃあただの実績を『持つ者』と『持たない者』の仕分け作業になっちゃうじゃないか。私はね、まだ日の目を見ていない才能の原石たちも、平等にチャンスを与えられるべきだと考えているのさ。まったく、我ながら理想的な教育者すぎて困ってしまうよ」

『はいはい、分かりましたって。……にしても、このオープンスクール自体を〇(ゼロ)次試験にするってことは、参加してない子たちはそもそもチャンスすら手にできないってことですよね？　それってちょっと可哀想(かわいそう)じゃないですか？』

「いやいや、オープンスクールに参加する熱量すら持ってない子なんて、どれだけの実績がある子でも落として正解だよ」

『わたしはもったいないと思いますけどねー』

電話の奥で口を尖(とが)らせている教え子の姿を想像しながら、御門(みかど)は薄く笑う。

そして――

「この学校に新しい風を呼び込むには、新しい何かを行う必要があるってことさ」

最後にもう一度だけダイブセンターを一瞥(いちべつ)し、その身を翻(ひるがえ)した。

「さて、次の才能の原石を迎えに行くとしよう」

3

インターネットカフェみたいだ。

ダイブセンターの通路を進む中で最初に浮かんだのは、そんな感想だった。

個室の数は……一つの階層だけでも軽く一〇〇はあるんじゃないだろうか。

それがこの上に二層、三層、四層といくつも重なっている、と。

いったいこの建物だけで、どれだけの金がかかっているのやら。

ウン千万か？　それともウン億？　……眩暈してきた。考えるのやめよ。

入室する。個室の中身も一人用のインターネットカフェといった感じだった。

ただ高級感が段違い。フカフカのイスに、キズひとつない机。そして、個室の奥にドンと鎮座している業務用のダイブギア。

「……壊さないようにしないとな」

ゆっくりとダイブギアを装着し、深呼吸を一つ。

そしてズボンで手汗を拭ってから、そっと起動スイッチをタップした。

――《　ウォーゲーム・ハイスクールへようこそ　》

驚くほどの処理速度。

一瞬のロード時間を経ることもなく、オレの意識はゲームの世界へとダイブする。

そして空気が明らかに変化したことを五感全てで感じつつ、ゆっくりと目を開けた。

「ん、おお……」

そこに広がっていたのは、ファンタジーの世界だった。

最初に視線を吸い寄せられるのは、やはり目の前に聳え立っている校舎。

その外観を一言で表すとするなら——魔法学校。

赤レンガを基調として造られた外壁。雲を突かんばかりの高さを誇る尖塔。周りに目を向けると、円形闘技場のような建物まで見える。

そして——

「ここは……島か」

いわゆる、フィクションの世界でよく目にする「学園島」と呼ばれるもの。

ここはまさにソレだと、四方八方に広がっている大海原を見て理解する。

視界に映るもの全てに、好奇心を掻き立てられる。

どこから見て回ろうか。というか、今日一日で全てを見て回ることはできるんだろうか。

胸の高鳴りを感じながら辺りを見渡す。

『オオ……——！』

直後。空気が震え、歓声めいた音に耳朶を叩かれる。

円形闘技場。音源となっているのは、どうやらその場所らしかった。

胸の辺りで生じる疼き。オレはワクワクに背中を押されるようにして足を踏み出した。

入口を抜け、観客席へと続く通路を歩く。一歩踏み出す度に大勢の人の気配が強くなっていくのを感じる。それに比例するように歓声も大きくなっていく。

そして、それらに混じって——歌声が聞こえた。

ここって学校だよな、と不思議に思いながら歩を進める。

通路を抜けて観客席へと足を踏み入れる。同時に——息を呑んだ。

『オオ——————————————オオ！』

滝のような歓声。渦巻く熱気。思わずふらついてしまいそうになるほどの迫力を孕んだそれらを前に、オレは思わず後退りしてしまった。

それらが向けられている場所は、ただ一点。

そこに立っているのは、たった一人の少女。

「はは……マジか」

桃色まじりの白髪に、糖度たっぷりの苺のような大きな瞳。

そして、あざといと表現するに相応しい小生意気な表情。

国民的インターネット・ヒロイン——小指結。

割れんばかりの歓声と拍手、そして熱気をその一身に受け、彼女はライブ会場と化している闘技場の中心に立っていた。

『——♪——♪』

どれほどの歓声の中でもハッキリと聞こえる唯一無二の歌声。

人々の視線を釘付けにして離さない自信に満ちた表情。

そして、それらを最大限に引き立てるダンス。

その光景を直接目にし、オレは改めて〈小指結〉という少女が別世界の住民であることを思い知る。強制的に思い知らされる。

『――』

そして不意に、ステージ上で踊っている小指と、視線がかち合ったような気がした。

「あっ！」「いまこっち見たよな！」「俺、目が合ったんだけど！」「うおおおおお！」

一気に周りが騒がしくなる。どうやら全員オレと同じことを思っていたみたいだ。

恥ずかしさで僅かに熱を帯びた頰を指でさすりながら、ステージ上へと意識を戻す。

結局その後、再び小指の視線がこちらに向くことはなかった。

「……移動するか」

ライブが終わってから約一〇分後。

円形闘技場内の空気が落ち着いたのを確認したオレは、伸びをして席を立った。

「お待ちください」

と――背後で発せられたそんな声が、オレを呼び止める。

振り向くと、そこにはスーツに身を包んだ黒髪の女性の姿があった。

「稲荷白斗さんで間違いありませんね？」

オレの頭上にポップアップしている《シロト》の文字を見て、彼女は言う。

他人の口から発せられた自分の本名に内心で動揺しながら、おそるおそる首肯。

「私は小指結のマネージャーの斎藤と申します」

「えっ」

「それで……彼女がアナタを連れてくるようにと言っているのですが……」

そして困ったように眉間を押さえながら言う斎藤さんに、オレは「へ？」と返した。

＝＝＝

「ビックリしましたよ！　なーんか知った顔の人が観客に紛れて立ってるんですもん」

闘技場に用意されている選手用の控え室にて。

至近距離からオレの顔を観察しながら、いつものフード姿に着替えた小指が言った。

しかし顔が良いなコイツ。と、息遣いを感じるほど近くにある小指の顔を見て思う。

心臓に悪いから、この距離感バグは即刻修正してもらいたい。

「今日はどうしてここへ？　まさか、ワタシのライブを見るためにわざわざ？」

「あん？　ちげーよ。オレが見に来たのはお前じゃなくて学校だ」

「ガッ子……？　誰ですかその女！」

「ガッコ、ウ！　な！」

食い気味にそう返す。

すると小指は「分かってますよう」と言って悪戯っぽい笑みを浮かべた。

「オープンスクール、ですよね？」

「……まあ」

「ということは、本気でゲームをする気になったということでオッケーです？」

まるで「こうなることは分かっていた」とでも言うように、得意げな表情になる小指。

なにか言い返したい。言い返したいが……オレは口を噤むしかなかった。

事実、オレはコイツにまんまと焚きつけられ、この場所へと訪れるに至っているのだから。あれだけ「自分はエンジョイ勢だ」と豪語していたオレが、ガチ勢が集まるこの学校の門を叩こうとしているのだから。

「ワタシの手のひらの上で転がされちゃって、センパイってばクソザコですねー！」

──やっぱ言い返そう。

「勘違いすんな、アホ！」

腹の底から出した大声が、部屋中に響き渡る。

「あくまでオレは〈楽しむこと〉を第一に考えるエンジョイ勢。そのスタンスは変わってねえ。つか、この先も変えるつもりはねえ……！」

ゲームを楽しむ。それがなにより最優先。

そのために勝つ。そして勝つためにガチるのだ。

「要は『勝つこと』も『ガチになること』も最大限ゲームを楽しむための手段でしかないってことだ。エンジョイ勢を見捨ててガチ勢になったわけでは、断じてない。そこのところは勘違いしねーように！　以上！」

パチパチと目を瞬（またた）かせる小指に向かって、早口で紡いだ言葉をぶつけていく。

それがせめてもの抵抗だった。

なにもかもお前の筋書き通りってわけではねーんだぞ、という意思表示だった。

……だけど……クソ。

「まあ、ガチでやって勝つことの楽しさに気づかせてくれたことには、感謝してる」

もう一人のオレ——《IS（イズ）》の幻影から目を背け、ゲームに対する想（おも）いを燻（くすぶ）らせていたオレに、コイツは「きっかけ」をくれた。本気でゲームと向き合うきっかけを。

コイツを更に調子づかせることになるのは目に見えてる。

だから本当は言いたくないのだが、

「………アリガトウ」

消え入るような声を、喉の奥から絞り出す。

沈黙。そこからの数秒は、これまでの人生で最も長いと感じた数秒だったと断言できる。

しばらくして……いつまで続くんだよこの沈黙、と心の中のオレが苦悶（くもん）の声を漏らしたのとほぼ同時に、目の前に立つ小指が「ぷっ」と吹き出した。

「まったく、センパイはツンデレスターターデッキみたいな人ですねー」

「……んだよ、それ」

「あれあれ？　照れてます？　かーわい」

「えーいうるさい！」

オレは目じりを吊り上げ、人差し指の腹を小指の額にグリグリと押し付ける。

すると、少女は「やーい、照れ隠しー」とこちらをからかうように口にする。

「――大好きですよう、センパイのそういうところ」

そして、見る者全てを魅了する、花のような笑顔でそう続けた。

「センパイはずっとそのままでいてくださいね」

息を呑む。何十万、何百万という人々を虜にするインターネット・ヒロイン。そんな少女の笑顔がオレ一人に向けられている。その事実に、軽い眩暈を覚える。

「かわ――」

バチン！　と、皮膚が波打つほど強烈なビンタを、オレは自分の両頰にお見舞いする。

目の前で「ワッ！　なんですか」と目を丸くする小指。

「にゃんでもねえ」

両手を頰に押し付けながら言う。

オレはいま、なにを口にしようとしていた？　バカか？　アホなのか？

自分自身への罵倒を心の中で零しつつ、口を引き結ぶ。

「ちなみに、今更〈招待状〉が欲しいって言ってもあげませんからねー」

「いらねーよ！　自分の力で合格もぎ取ってみせるっての！」

ハッキリとそう言い放ち、オレはそっぽを向く。

そのまま別の会話の取っ掛かりを探すために視線を宙に彷徨わせた。

そして……あることに気づく。

「なあ、さっきよりも人増えてねーか？　観客席」

心なしか、モニターに映し出されている観客席の映像がさっきよりゴミゴミしているように見える。小指のライブが終わってから既に三〇分は経過しているのに、だ。

「そりゃそうですよ」

なにを当たり前のことを、とでも言いたげに目をパチパチさせる小指。

「ここからが、今日のメインイベントなんですから」

「はあ？　ここからがメインって……ってことはなんだ、日本一のインターネット・ヒロインサマのワンマンライブは、ただの前座だったたってことか？」

「そういうことです。まったく、このワタシを前座扱いだなんて、贅沢すぎですよね」

頬を膨らませて言うと、小指は手元のウィンドウで浮遊モニターの映像を切り替えた。

そこに映し出されているのは、とある配信の待機画面。

──《【公式】第19回：超新星杯【ウォーゲーム】》

配信タイトルの欄には、そんな文字が記されている。

「『埋もれてしまっている若い才能の原石を発掘すること』を目的としてウォーゲーム・ハイスクールが定期的に開いているウォーゲームの大会、《超新星杯》！　それがこれから行われるメインイベントの名前です！」

「超新星杯……」

「ですです！　ちなみに、センパイはこれまでに、ウォーゲームの大会を観たことは？」

「ほぼない。つか、ウォーゲームのルールすらちゃんと理解してない」

「なーるほど。では良い機会です！」

小指はそう言って宙に浮かんでいるモニターを指差すと──

「実際に試合を観戦して、ウォーゲームのルールを把握することから始めましょう！」

腕が鳴る、と言わんばかりの表情でニヤリと笑った。

「それはスゲー助かるな。頼んだ」

「頼まれました！　……ですが、試合開始まではまだまだ時間がありますね」

配信画面を見てみる。試合開始時刻は、三〇分後といったところ。

「あ、では、試合開始までウォーゲーム・ハイスクールについての勉強でもどうです？」

その手に電子パンフレットを出現させながらそんな提案をしてくる小指。

願ってもないこと。オレは即座に頷(うなず)き、パンフレットを持つ少女へと肩を寄せた。


〈――ウォーゲーム・ハイスクール〉

〈それは、鳳(おおとり)財閥が管理する次世代ゲーマーの育成機関〉

〈ゲームの実力だけが評価対象である完全実力至上主義の高校〉

〈そんなウォーゲーム・ハイスクールで最も世間からの注目を集めているのが、ゲーマー部門で行われている「学園戦争プロジェクト」である〉


「ゲームの実力だけが評価対象である完全実力至上主義の高校、って」

「まるでマンガやアニメの中の話みたいですよね！」

「だな。ちなみに〈ゲーマー部門〉って単語があるが、他にはどんな部門があるんだ？」

「〈マネージャー部門〉や〈動画クリエイター部門〉といったものが主ですね。将来〈ゲーマー部門〉の人たちをサポートするような仕事に就きたいって人たちは、これらを選ぶことになります。ちなみに入試倍率はそこまで高くありません」

〈――学園戦争プロジェクト〉

〈それは、最高のウォーゲームチームを創り出すために考えられたプロジェクト〉

〈毎年、一年生から三年生までの全ての生徒の中から、最強の【前衛】【中衛】【後衛】を一人ずつ生み出し、最強のウォーゲームチームを創ることを目的としている。そんなプロジェクトの中でも目玉とされているのが「定期戦争（ゲーム）システム」である〉

「普通の高校であれば、学年の垣根を越えて学力を競い合うなんてことはまずありません。一年分の勉強量の違いとは、そう易々（やすやす）と覆（くつがえ）せるものではないからです。しかし」

「ウォーゲーム・ハイスクールでは違う、と」

「はい。完全実力至上主義の高校という謳（うた）い文句を遵守し、一年生であろうと、二年生であろうと、三年生であろうと、ウォーゲーム・ハイスクールは彼らを一人の生徒として平等に見て、そして公平に接しています」

それは……一年生からしたらありがたいだろうが、三年生にとっては最悪だろうな。

学年が上がるにつれて大きくなっていく重圧とは、いったいどれほどのものか。

〈——定期戦争システム〉

〈一般的な高校で実施されている「考査（テスト）」の代わりに、学園戦争プロジェクトでは「戦争（ゲーム）」が実施されることになる〉

〈特に大きく成績に関係してくるのは「小戦争」「中間戦争」「期末戦争」の三つ〉

〈それらの「戦争（ゲーム）」で特に優秀な成績を残した上位三〇名のみが、一年間の集大成として実施される「最終戦争」へ参加する資格を得る。そして、この「最終戦争」で勝ち残った一チーム（三名）のみが、鳳（おおとり）財閥専属の「一億円プレイヤー」として卒業し、プロゲーマーデビューを飾ることができる〉

〈これが、学園戦争プロジェクトの目玉である「定期戦争システム」の詳細である〉


「一億円プレイヤーというと？」

「一年間につき最低でも一億円の収入を約束されているプレイヤーのことです！」

「最低、ってことは、それ以上になる可能性もあるってことか？」

「はい。例えば大会で上位入賞を果たして手にした賞金です。これは中抜きされることなく、全てプレイヤーの手に渡ることになります。世界規模のウォーゲームの大会ともなると、億レベルの賞金が用意されることは普通ですからね。頑張り次第では、年収が何倍にも膨れ上がることになるかもしれませんよ」

　現実からかけ離れている数字過ぎて、目が回りそうになるな。

　オレはパンフレットへと視線を戻し――〈成績に関係してくるのは「小戦争」「中間戦争」「期末戦争」の三つ〉という箇所に注目する。これは普通の高校だと「小テスト」「中間テスト」「期末テスト」に置き換えられるものなのだろう。

学校によって異なるが、一般的な三学期制の高校だと、小テストを除いたテストは一年間で五回行われることになってる。それぞれにどれだけの評価の比重をかけられているのかは分からないが、どれも熾烈なものになることは間違いないだろう。


〈――ウォーゲーム・ハイスクールへの在籍可能期間〉

〈ウォーゲーム・ハイスクールへの在籍可能期間は最長で三年〉

〈その期間中に卒業資格を得ることができなければ、強制的に除籍される〉


卒業をかけた試験――「最終戦争」が行われるのは、年に一回のみ。

つまり、三年間で最大三回、卒業を手にするためのチャンスがあるということ。

ただ、一回の「最終戦争」で卒業資格を手にできるのは三人のみ。更に一年生から三年生までの全員がライバルになるときた。狭き門にもほどがあり過ぎる。……というか、オレはその前にとんでもない倍率の入学試験に合格するところから始めないとなんだが。

〈――学園戦争プロジェクトという娯楽〉
〈学園戦争プロジェクトはウォーゲーマー・アカデミーが独占し、世界中に向けて配信し

ている一大コンテンツである〉

〈リアルタイムで紡ぎ出されるノンフィクションのドラマを「売り」としている〉

「これは、高校生活や戦争(ゲーム)の様子全てがリアリティショーとして世界中に発信されているということ……つまり、〈学園戦争プロジェクト〉とはそれそのものが一つのビジネスであり、それに参加している生徒たちはそのビジネスを支えるタレントなのです！」

「なるほどなぁ」

なんつーか、「よく考えられてるなあ」という小学生並みの感想しか出てこないな。

「〈学園戦争プロジェクト〉の影響力って、本当に凄(すさ)まじいものなんですからね」

「ほえー、どんくらいよ？」

「毎回、ＳＮＳのトレンド上位をそれ関係のワードで埋め尽くしてしまうくらいです！」

あー……言われてみれば、何度かそんな光景を見たことあるような気がする。

興味がなかったから、「ふーん」くらいにしか思ってなかったが。

「ちなみに、ウォーゲーム・ハイスクールは『学費がゼロ』の高校なのですが」

「えっ、マジ？」

「いきなり食いついてきましたね。まったく、現金なんですから……話を戻しますが、それを実現できているのも、このビジネスにより生まれる膨大な収益があるからなんです」

──とまあ、ざっとですが、要点はこんなところかと。

そう話を締めくくり、チラリと浮遊モニターに視線を向ける小指。

試合開始までは、あと一〇分弱。

「すみません、少し離席します」

そう言ってログアウトする小指を見送り、オレは手元のウィンドウへと視線を落とす。

配信開始まで、軽くゲームのルールに目を通すくらいしておくか。

慣れない手つきでウィンドウを操作。

そして、端の方にある〈ウォーゲームの概要〉という文字をタップする。

・ウォーゲームとは

採集、探索、生存、戦闘要素を融合して作られたバトルロワイヤルゲーム。

広大な仮想空間をフィールドに、最後まで生き残るべく戦うチーム闘技。

ゲームは前半戦と後半戦に分けて行われる。

《前半戦》

目的：〈採集〉……武器やモンスターを倒すことで得られるアイテムを調達する。

：〈探索〉……フィールドを探索し、地図作成を行う。

形式：プレイヤーVSモンスター
設定：制限時間がゼロになった瞬間に前半戦は終了となる。
：キルされた場合、自動的に蘇(よみがえ)る。
：キルされた場合、ペナルティ〈10分間のタイムロス〉が課せられる。

《後半戦》
目的：〈生存〉……時間と共に縮小していくフィールド内で生き延びるべく行動する。
：〈戦闘〉……前半戦で集めた武器やアイテム、フィールド情報を駆使し戦う。
形式：プレイヤーVSプレイヤー
設定：残りチーム数が〈1〉になった瞬間に後半戦は終了となる。
：キルされた場合、その場で脱落となる。
：縮小するフィールドの外に出ると、ダメージが発生する。

サッカーみたいに前半戦と後半戦で分かれてんのか。

だが、サッカーと決定的に違うところは──

「前半と後半でプレイヤーに課される目的が、全くの別物になるという点か」

サッカーだと、前半と後半で「相手より多くの点を取る」という目的は変わらない。

しかしウォーゲームは違う。

採集と探索が目的である前半戦と、生存と戦闘が目的である後半戦。

つまり前半戦と後半戦では、全くの別ゲーになるということだ。

「ただいまです。……と、戻ってきたタイミングはグッドでしたね」

配信開始までのカウントダウンが、三〇秒を切る。

二〇秒、一〇秒……〇秒。カウント終了と共に流れ出す派手なオープニングムービー。

ハイテンポな音楽を背景に、編集された過去の大会の映像が流れていく。

そして、オープニングムービーが終わると同時に実況と思われる人の声が流れ出した。

——《リアルタイム視聴者数：４１００９人》

爆速で動き始めるチャット欄。試合開始前だというのに、この盛り上がり。

「まだまだこんなものではないですよ」

注目選手の紹介。注目チームの紹介。優勝賞品の紹介。

小指(こざし)の言葉通り、試合開始が近づくにつれて、チャットの速度は加速していく。

そして——

「始まります」

小指がそう零(こぼ)すのとほぼ同時に、実況の口から試合開始の合図が告げられた。

切り替わる画面。そして映し出される、巨大な木々が立ち並ぶ森林の光景。

植物系のモンスターたちが蔓延る緑の迷宮――《嘆きの大森林》。

フィールド説明の欄には、そう記されていた。

『さあ、選手たちはここから〈スーツ選択〉に移ります！』

「スーツ選択？」

さっそく実況の言葉に反応するオレを見て、小指が待ってましたとばかりに口を開く。

「ウォーゲームに欠かせない要素の一つ。それがこの〈強化スーツシステム〉です」

・強化スーツとは
ウォーゲームに組み込まれた要素の一つ。

ゲーム開始時、プレイヤーはいずれかの強化スーツを着用しなければならない。

モンスターを倒せば倒すほどスーツの性能――【覚醒値】は向上していく。

また、強化スーツには【耐久値】が存在しており、それが【0】になった時点でプレイヤーは死亡判定となる。

【1st】スーツ：効果「筋力強化」

【2nd】スーツ：効果「速度強化」

【3rd】スーツ：効果「耐久強化」

【4th】スーツ：効果「器用強化」
【5th】スーツ：効果「運気強化」
【6th】スーツ：効果「全体強化」
【7th】スーツ：効果「スキル強化」

「えーっと、そうですね……では格ゲーを例に挙げましょう。格ゲーのキャラクターはそれぞれ違う〈技〉だったり〈体つき〉といった個性を持っていますよね？　それによって、ゲームにはより深みがでる。それと同じように、ウォーゲームにおいてプレイヤーに個性を与えるもの。それがこの強化スーツというわけです」

攻撃こそ最大の防御。

パワーでゴリゴリ押していく戦闘をしたい人は【1st】スーツ。

どんな攻撃も当たらなければ意味がない。

質より量のヒットアンドアウェイスタイルで相手を翻弄したい人は【2nd】スーツ。

どれだけ自分に合ったスーツを選択することができるかが鍵になる、ということか。

「っと、今度こそ本当に始まったか」

モニター上に、森林内を探索する三人組の姿が映し出される。

着用している強化スーツは、三人とも別々。

一人目が、筋力強化の【1st】スーツ。

二人目が、耐久強化の【3rd】スーツ。

三人目が、スキル強化の【7th】スーツ。

「ちなみに、チーム内で同じ強化スーツを選択することは、基本的にはできません」

そうなのか。筋力×筋力×筋力みたいな脳筋構成とか面白そうだと思ったんだけどな。

そして試合開始から約一分。初めての戦闘がモニターに映し出される。

『ぎゃあああああああああ！　きめえええええええええええ！』

青ざめた顔の三人組が対峙(たいじ)していたのは、蜘蛛(くも)の形をした巨大なモンスター。

――《　★モンスター：フォレストスパイダー　》

モンスター上に、そんな文字がポップアップする。

「★の数が多いモンスターほど討伐が困難で、よりレア度の高いアイテムを落とします」

「つまり★の数が危険度やレア度を示す指標ってことか。ちなみにそれらの上限は？」

「五、ですね。そしてその読み方ですが」

――【★】(シングル)

――【★★】(ダブル)

――【★★★】(トリプル)

――【★★★★】(クアドラプル)

――【★★★★★（クインティプル）】

「となっています」

説明を受けている間にも、試合は進んでいく。

『やべえ！　騒ぎすぎたせいで他のモンスターが集まって来てる！』

『くそ、しゃーねえ、戦うぞ！』

己を奮い立たせるようにして叫んだ【1st】スーツのプレイヤーが剣を抜く。

『くそ、オレは絶対的に有利な状況じゃないと戦いたくねえってのによォ』

『SYAAAAAAAAAAAAAAAAAAAAAAAAAAAAAAAAAA！』

『せめて一発で、静かに逝（い）けや！』

上段の構え。少年は口元に笑みを浮かべ、迫りくるフォレストスパイダーを見据える。

直後、少年の持つ長剣が眩（まばゆ）い光を放ち始めた。

『うーし、こい、こい、もっと近づいてこい』

そして、フォレストスパイダーとの距離がほぼゼロになるのと同時。

少年は限界まで引いた剣を、目にもとまらぬ速さで振り下ろした。

『らァァァァァァァァァァァァァァァァァァァァァァァァァ！』

弾（はじ）ける閃光（せんこう）。少年を中心として発生した風が、周囲の枝葉を揺らす。

『――――……』

一刀両断。真っ二つになったフォレストスパイダーが、その場で灰へと変わる。

「おお……いまのは？」

「チャージシステムですね。その名の通り、武器や身体の一部にエネルギーをチャージすることができるシステムです。チャージ可能時間は最大で五秒間。一秒チャージするごとに、攻撃力は〈＋1倍〉されていきます」

つまり、最大で〈＋5倍〉か。ジャイアントキリングも十分にありえる数字だ。

……だが、それは対モンスターに限った話で、相手がプレイヤーとなるとどうなるかは分からない。チャージ動作中は隙だらけになるってことだからな。

モニターに意識を戻す。

すると、他チーム視点でも次々と戦闘が起こり始めているのが見て取れた。

「既にデスペナルティを受けているチームもいくつかあるみたいですね」

言われて気づく。

ネームタグの横に《状態：デス》という文字が記されているプレイヤーが数人。

先ほど目を通したウォーゲームの概要を思い出す。

――キルされた場合には〈一〇分間のタイムロス〉というペナルティが課せられる。

つまり一〇分間もなにもできない状態で拘束されてしまうということ。

「あっ、センパイ、アレを見てください！　12番の選手です！」

オレは急いで手元のウィンドウを操作し、小指が指さしている画面を拡大する。

『みんな、三秒後に撃つよっ！　避けて！』

女の子の声。一人称視点のため顔は見えないが、スーツが【7th】タイプ——スキル強化型のものであるということは辛うじて分かった。そして、神視点から一人称視点に切り替わったことで、先ほどまで見えていなかった情報がモニターに映る。

——【覚醒値：4％】

画面の右上に映っているのは、そんな文字。

なるほど。これが現時点で解放されている強化スーツの性能を表している数値か。

そしてこの数値はモンスターを倒せば倒すほど大きくなっていく、と。

ちなみにその下には【耐久値】の文字と横長のバーが表示されている。いわゆるHPと呼ばれるものなのだろう。ふむ、これが【0】になったら死亡扱いになる感じか。

『よし、いきまーす！』

チームメンバーが退避したのを確認し、そう言い放つ少女。そして——

——《★★スキル：〈キロ〉ストーンバレット》

視界にそんな文字を映すと同時に、指先からこぶし大の岩石を連射した。

それは風を切り裂く音を鳴らしながら一直線に進み、蜂型モンスターへと着弾。

モンスターは断末魔の叫びを上げる暇さえ与えられずに爆散し、灰へと姿を変える。

『っしゃ！　エイム絶好調！』

少女がガッツポーズをとると同時に、【覚醒値】が【4%】から【6%】へと変わる。

「いまのは……？」

「《スキル》の発動型（アクティブ）アビリティですね」

――スキル。

それは、条件を達成しさえすれば全プレイヤーが使用可能な特殊能力のこと。

「その条件ってのは？」

「モンスターを倒して、スキルコインを入手することですね」

言いながら、小指がモニターを指差す。

そこには、蜂型モンスターの灰からコインを拾い上げているプレイヤーたちの姿。

『お、ラッキー！　固有（ユニーク）スキルや！』

『うっそ、見せて！』

『なになに……《ポイズン・スピア》……レイピア限定のスキル』

『あれ、こん中にレイピア使えるヤツいたっけ？』

『……おらん』

『ゴミスキルゥゥゥゥゥゥゥゥゥゥゥ！』

ビターンと地面にコインを投げつけるプレイヤー。

「スキルはですね、大きく二つに分けられているんですよ」

オレが頭上に〈?〉を浮かべているのを察してか、小指(こざし)が説明を差し込んでくる。

「まず一つが――《普通(コモン)スキル》です。こちらは《ファイアバレット》《ウォーターバレット》《ストーンバレット》《サンダーバレット》《アイスバレット》の五種類しか存在していません。炎、水、岩、雷、氷という五つの属性を宿した弾丸を放出するスキルなので、まとめてバレット系とも呼ばれていますね」

「さっき見た《スキル》はそん中の一つ?」

「でです! 正確には《〈キロ〉ストーンバレット》ですが」

「そのキロ、ってのは?」

「《普通スキル》のグレードを表すものですね。グレードは下から、なし、〈キロ〉、〈メガ〉、〈ギガ〉、〈テラ〉となっています。グレードが上がるとどうなるかというと、一段階ごとに弾数が〈+10〉されていき、加えて連射速度も上昇していくって感じです」

「……悪い、もう一回言ってもらってもいいか?」

「あはは、真面目(まじめ)ですねー。でも大丈夫ですよ、これは実際にやっていくうちに分かっていくことなので、どうしてもいま覚えようとしなくても」

「そうか? じゃあ、そうする」

バシンと両頬(りょうほお)を叩(たた)き、オレは気合いを入れ直す。

「んで……《普通スキル》とは別の、もう一種類のスキルってのは？」

「──《固有スキル》ですね」

「ああ、さっき『ゴミスキル』だって投げ捨てられたヤツな」

「ですです。こちらはたった五つしかない《普通スキル》とは違い、何百、何千という種類のものが存在しています。十人十色、人が十人いれば十通りの個性があるように、モンスターにも種族や性格の違いがあり、その個性の数だけドロップする《固有スキル》にも違いが生じる、というワケです」

なる、ほど……大丈夫、大丈夫だ。なんとかついていけている。

「ちなみに、モンスターを討伐した場合──」

──【95％】の確率で《普通スキル》のいずれかがドロップし、

──【5％】の確率で《固有スキル》がドロップする。

「このようになっています」

「ユニークの方が種類は多くても、入手確率が高くなるワケではないってことか」

にしても、《固有スキル》のコインがドロップする確率は【5％】か。

運気強化の【5th】スーツを着たら、この確率が上がったりするんだろうな。

「ちなみに、スキルスロットの数は【3】です」

「スキルスロット？」

「あー、スキルコインをセットできるスペースみたいなもののことです。スキルスロットにコインをセットしていないと、スキルを発動させることはできません」

「へー……ちなみに、スキルコインは自由にセットしたり外したりしていいのか？」

「良い質問ですね。その答えは、半分ＹＥＳです」

半分？　首を傾(かし)げるオレに対して小指(こざし)は「はい」と頷(うなず)くと——

「前半戦では取り外し自由ですが、後半戦では取り外し不可になる、という意味です」

ピッと指を立ててそう続けた。

「つまり……後半戦には、前半戦で集めたスキルコインの中から三枚を厳選して臨まなければならない、ってことか」

「そういうことです！」

「ちなみに、スキルコインに使用回数制限はあったりするのか？」

「普通スキルは数回使うと消滅しますね。固有スキルは消滅しません。使い放題です」

「強力なスキルほど再使用時間(リキャストタイム)が長くなるとかは？」

「ありません。発動型(アクティブ)アビリティの再使用時間は一律で【一分】です。しかし、技後硬直の時間はバラバラなので、事前に把握しておくのが吉かと！」

なるほど。段々とその輪郭がハッキリしてきた。

つまるところ、この前半戦というものは——後半戦に向けての準備段階というワケだ。

スーツの強化。スキルコイン集め。そしてフィールドの地図作成（マッピング）。

生き残りをかけてプレイヤーたちと戦う「後半戦」に向けて、有利に立ち回るための布石をどれだけ打っておくことができるか。それがこの「前半戦」で重要なこと。

「……やべぇ」

考えることが多すぎる。

脳みそが沸騰しそうになるのを感じながら、モニターへと意識を戻した。

4

画面に「前半戦終了」の文字が映し出される。

オレはソレを見て、イスに深くもたれかかった。

「飲み物取ってきまーす」と小指が部屋から出て行ったのを見て、オレは深く息を吐く。

前半戦だけで三時間。一八〇分。

見てるだけでこんなにしんどいんだから、やってる方はもっとキツいんだろうな。

「……それに」

『前半戦は明確に何分と決まってなくて、大会によっては一時間と短めだったり、長めのものだと数日にわたって行われることなんかもありますよ』

先ほどの小指の言葉を思い出す。数日にわたってとか、想像もできないな。

「初めて前半戦を通しで見て、どうでしたか？」

戻ってきた小指が開口一番にそう聞いてくる。

「そうだな、一言で言うと……狩りゲーっぽいな、と思った」

狩りゲー。またの名をハンティングアクションゲーム。

プレイヤーがハンターとなり、モンスターの討伐に挑むゲームのこと。

「ま、そういう感じの認識で良いと思いますよ」

小指のその言葉に頷きを返しながら、手元のウィンドウへと視線を落とす。

前半戦終了から後半戦開始までのインターバルは三〇分。あと二〇分弱もある。

「センパイが前半戦の中で一番気になったプレイヤーは誰ですか？」

手持ち無沙汰だったオレの内心を察してか、小指がそんな質問を投げかけてくる。

オレは「そうだなー」と言い、ウィンドウ上に指を這わせる。

そして、前半戦を経ての〈強化スーツ【覚醒値】上位者一覧〉のページを開いた。

「やっぱり、コイツかな」

そしてオレが指さした選手を見て、小指は「ですよねー」と同調するように頷いた。

その選手の名前は――メリー。

強化スーツの【覚醒値】は【84%】で一位。

二位との間に【20％】もの差をつけてトップを独走しているそのプレイヤーは、見目麗しい黒髪の少女だった。

「あんな細っこい剣一本で、自分の何倍もの大きさを誇るゴリラを圧倒すんだもんなー」

「あれは圧巻でしたね」

二人してうんうんと頷きながら、前半戦のハイライト映像に視線を向ける。

「本当は、接近戦は彼女の苦手分野のハズなんですけどねー」

「ん？　もしかしてあの娘って、元々有名なウォーゲームの選手なのか？」

「あー……ウォーゲームではなく、別の畑でめちゃくちゃ有名な選手ですね」

「別の畑？」

「はい。彼女――メリーさんは〈射撃〉がメインのゲームジャンル……いわゆるシューティングゲームの界隈において、《IS》にも引けを取らないほどの実績と人気を誇るトッププレイヤーになります」

――《IS》にも引けをとらない。その言葉に、オレはこくりと息を呑み込む。

「《IS》が決して敗北することがない〈最高傑作〉と呼ばれているように、彼女は決して的を外すことがない〈正確無比〉の象徴として、シューティングゲーム界隈全体から崇め奉られているほどの存在なのです」

「……なんなん、その二つ名を四字熟語で統一させるみたいな風潮」

「かっこいいからじゃないですかね？」

かっこいいかぁ……？

背中がむず痒くなる感覚に眉根を寄せながら、オレはモニターに視線を戻す。

するとちょうど、インタビュアーらしき人物が後半戦への意気込みをメリーに尋ねている状況が映し出されていた。

『今日は――このレイピアだけで、一位を勝ち取りたいと思っています』

『そ、それは、普通スキルなどの飛び道具は一切使わない、ということでしょうか？』

『はい』

そんなメリーのリップサービスともいえる宣言に、コメントが大いに盛り上がる。

「んだこれ。これじゃあまるで、コイツが主役に据えられた舞台だな」

「……実際、その通りだと思いますよ」

小指は〈出場選手一覧〉のページに目を通しながら、小さく零す。

「今日の出場選手の中で、既に名のあるプレイヤーは彼女だけみたいですし」

「……つまり、他のプレイヤーは全員当て馬ってことか」

「はい。聞いた話によると、彼女も〈特別招待生選抜試験〉を受けるらしいです。この大会は、それに向けた〈箔付け〉という役割を担っているのではないでしょうか」

「なるほど……」

「まったく、なーにが新しい才能の原石を発掘するための大会ですか。他意ありあり！　雑な筋書きが透けて見える、やらせ試合じゃないですかぁー！」

頬を膨らませる小指。オレはその横で、モニター上に映るメリーの顔をジーっと見る。

……なんでか、最近どこかで見たような気がするんだよな。

SNSとかだっけか？　……いや、違う。それならこんなにモヤモヤしない。

「どうしたんですか？」

「いや、なーんかコイツの顔、見覚えあるなって。それも多分、リアルで」

「あー、もしリアルの彼女を知っていたとしても、多分思い出せませんよ。プライバシー保護のための〈認識阻害機能〉がオンになっているので」

「にんしきそがい？」

「はい。簡単に言うとそれは〈本体と仮想体の顔が結びつかないよう、見ている相手の脳をバグらせる機能〉です。選手のプライバシー保護を目的として導入されたものですね。ちなみにその効果は、画面越しに観戦している人に対しても発揮されます」

なにそれこわい。

「よって、穴が開くくらい彼女の顔を見ても、ムダってことです」

「んー、マジかぁ」

オレはモヤモヤとした気持ちを抱えながら、モニターから視線を外す。

顔を見ても分かんないなら、別の角度からのアプローチはどうだろうか。

例えば名前。……いやおらん。メリーとかいう名前の日本人、身近にはおらん。

じゃあ、苗字か名前をもじってメリーにしているとか？

メリー……メリー……メリなんとか……もしくは、なんとかメリ………ん？

「ああッ！」

——九曜姫凛！

雷に打たれたような衝撃。オレは勢いよく立ち上がり、モニターへと視線を戻した。

リアルとは違いメガネをかけていないが……間違いない。

どうして気づけなかったのかとさっきの自分に問いたくなるほど、九曜姫凛その人だ。

「ど、どうしたんですか」

「コイツ、オレと同じ学校の生徒なんだよ！」

「へっ？」

目を丸くし、ムンクの叫びみたいなポーズをとる小指。

待て、落ち着け、頭を整理しろ。

三年七組の九曜姫凛がメリーで、
メリーはシューティングゲーム界隈において大きな実績を誇るトッププレイヤーで、
そして、そんなヤツが——たった数枠しか用意されていないというウォーゲーム・ハイスクールの〈特別招待生〉枠を奪い合うライバルになる？

「はは」

ある程度思考がまとまった後。オレの口から漏れ出たのは、乾いた笑いだった。

いや、分かっていた。ウォーゲーム・ハイスクール合格というのが狭き門ってことは。

だけど……ただでさえ遠くに見えていたその門が、さらに遠ざかったように感じた。

「……つか、なんでコイツほどのプレイヤーが〈特別招待生〉枠の試験受けるんだよ。普通に〈招待生〉としてスカウトされるほどのプレイヤーだろ」

「断ったらしいですよ。『自分の実力で勝ち取るから大丈夫』だって」

「バカかよ。大人しく受けとけっての」

「同じことをしたおバカさんが、ワタシの目の前にもいるんですけどね……」

「案外似た者同士なのかもしれませんね」と小指が小さく零す。

同時に、試合開始のカウントダウンがスタートした。

「……ま、一旦メリーのことは忘れよう……」

「ですね。ここからが、本番ともいえる後半戦です。試合に集中しましょう」

カウントが【0】になり、ウォーゲームの「後半戦」が始まる。

ジワジワと縮小していくフィールド。

その外に出たら、自動的にスーツの【耐久値】が減っていくのだという。

「ちなみに、縮小するフィールドの中は〈安全地帯（セーフティゾーン）〉、外は〈危険地帯（デンジャーゾーン）〉と呼ばれています。まあ、そのまんまです」

移動開始。

前半で入手した地図を頼りに、プレイヤーは最終的なセーフティゾーンを目指す。

――セーフティゾーンが完全に閉じきるまで六〇分。

前半戦と同様に結構長い。

だが前半戦と違い、制限時間いっぱいになるまで試合が続くことはないだろう。

なぜなら――後半戦はチームが残り【1】になった時点で即終了なのだから。

「そろそろ、ですね」

安全地帯が縮小していけば、必然的にその範囲内の人口密度は大きくなっていく。

それはつまり、チーム同士がかち合う可能性も比例して高くなるということ。

……お、きた。心の中でそう零すと同時に、メリーチームの三人が動いた。

彼女らが見据える先には、一人のプレイヤー。

……一人？　他の二人は？　一時的に別行動をとっているのか？

『私がやるわ』

『了解』『はーい』

メリーの指示を聞いて、並走していた二人が周囲に展開する。

もし彼女の身に何かが起こったとしても、すぐさまフォローに入ることができる布陣。

一秒にも満たないやり取りだけで、それを完成させる。

初心者の目から見ての感想でしかないが、そのチームワークは完璧だった。

『んえっ』

ようやくメリーの接近に気づく赤髪赤目の少年。

オレは手元のウィンドウを操作し、モニターの画面を少年の主観視点に切り替える。

その視界に映し出されている強化スーツの【覚醒値】は――たったの【14％】。

メリーとの間にある数値の差は【70％】……正直言って気の毒だった。

運だけではどうすることもできない隔たりが、その二人の間には横たわっている。

――《★★★スキル：アイシクル・スピア》

視界に生じるテキスト。メリーが握る細剣が氷煙を放ちながら、氷柱(つらら)の針と化す。

対する少年は、持っているナイフを構えることすらなくメリーの姿を見つめていた。

スキルを発動しようとする様子もない。

「ふ、ッ」

黒髪を翻(ひるがえ)しながら、メリーが少年の懐へと踏(ふ)み込む。

薄っすらと残像が見えるほどの速度。彼女は踏み込みの勢いのまま、限界まで引いたレイピアの切っ先を突き出――

『ん』
少年が声を漏らすと同時に、画面が黒く染まる。
そして次の瞬間には――こちらに背を向けるメリーの姿が映っていた。
「……あ？」
状況が呑み込めずに混乱するオレを置き去りにするように、再び画面が黒に染まる。
コンマ数秒後。モニターには、メリーの背中に深く沈むナイフの刀身が映し出される。
『っ、と』
そして心臓、肺、首と。
無防備な状態で晒されている少女の急所へとナイフを差し込んでいく少年。
しばらくして……あっけなく消滅するメリーの強化スーツの【耐久値】バー。
『――』
ゆっくりと振り返った少女の表情は、驚愕に彩られていた。
敗退。声を上げる暇すら与えられないまま消失するメリーの仮想体。
なん……なんだ、いまの。
視界が黒く染まったと思ったら、次の瞬間には全く別の場所に移動していて……。
「いったいコイツ、どんなデタラメなスキルを使ったんだ？」
「……使っていません」

「あ？」

「いまモニターに映し出されているのは彼の主観視点です。よって、スキルを発動した場合は、それを告げるテキストが視界に映し出されるハズなんです」

――しかし、オレたちが見ていた限りで、そういったものは確認できなかった。

小指（こざし）がウィンドウを操作し、モニター上の映像を客観視点のものへと切り替える。

そしてそれを、先ほどの戦闘場面まで巻き戻した。

「スローにしてみます」

ゆっくりと動き出す映像。レイピアを構えるメリーと、脱力した状態で立つ少年。

しばらくして。メリーの細剣の切っ先が、獲物を穿（うが）とうと少年の心臓へと迫り。

次の瞬間――スロー映像であることを忘れてしまうほどの速さで少年が動いた。

一切のムダがない動きで、メリーの背後へと回り込む。

「な……んだ、いまの動き」

最低限の所作に、最低限の歩幅。彼は勝利に向かって伸びる最短の道筋を辿（たど）る。

そして、まるで豆腐に切れ込みを入れるかのようにして、その刀身を容易（たやす）くメリーの心臓へと沈ませた。……てことは、なんだ。あの画面が一瞬だけ黒く染まる現象は、視界がアイツの動きについていけてないことで生じていたものだってことなのか？

「……デタラメすぎんだろ」

騒然とする視聴者コメント。それを満足そうに見届け、少年はゆっくりと歩き出す。

そこからの展開は一方的だった。一時間という制限時間の終わりを待つ必要もない。

少年のチームは僅か四〇分で残りのチームを殲滅し、その大会の頂点に君臨した。

そして試合後。大会のＭＶＰに選出された赤髪の少年に向けたインタビューにて。

『――このゲームで遊んだのは今日が初めてで、慣れるのに少し時間がかかりました！』

少年が放った発言によって、オレを含めた数万人の視聴者が言葉を失った。

『え、っと、どうしてやったことのないゲームの大会に出場しようと考えたのですか？』

絶句しかけながらも、自分の仕事を全うしようとインタビュアーが問う。

『この大会に出ることになったのは、友達のせいなんです。「お前なら多分いける。ゲームの才能あるから」って、僕が知らないうちに勝手にエントリーしていたみたいで』

『つまり、自分の意思で参加したのではない、と？』

『はい！　でも優勝できちゃったってことは、本当に才能あるんですかね。もしかしたらプロになれちゃったりとか……あ、いや、ごめんなさい！　今の言葉は失礼か！　ちゃんとこのゲームをやっている人に対して！　調子に乗り過ぎましたあっ！』

へらへらしていたかと思えば、わたわたしてみたり。

インタビューを見ていると、先ほどのウォーゲームで無類の強さを誇っていたあのプレイヤーとコイツが同一人物であるということを忘れそうになる。

『では、今後ウォーゲームの競技シーンに関わっていく予定などは……？』

『ありません、ありません！　……でも、折角なんで、ウォーゲーム・ハイスクールの入学試験くらいは受けてみたいな、って思ってます。──記念受験くらいの気持ちで』

純粋な笑顔。画面越しにその表情を見て、オレは背中が粟立つ感覚を覚えた。

天然の天才。筋書きが定められた舞台上に紛れ込んだ、突然変異体。

その少年の名前は──

「……ユウガ……」

選手紹介ページに記されているその名前を脳に焼きつけ、オレは固く拳を握った。

5

ウォーゲーム・ハイスクール内──《トレーニングルーム》。

そこは四方八方が真っ白な壁で囲われた無機質な空間。

アバターの操作技術や、スキルを用いたコンボ技などを磨くための場所。

大会の観戦を終えたオレは、小指に連れられてその場所へと足を踏み入れていた。

──《　装着する強化スーツを選んでください　》

視界に浮かび上がるテキストメッセージ。

それを見て、オレは全体強化——つまりバランス重視の【6th】スーツを選択する。

同時に視界に追加される【覚醒値】と【耐久値】の文字。

諸々(もろもろ)の準備を終えたオレは、トレーニングルーム内で小指と合流する。

「さて、先ほどの試合の衝撃が頭から抜け切っていないかもしれませんが、切り替えていきましょう。ここにいれる時間は限られていますからね」

オレは「分かってるって」と返し、気持ちをリセットする。

「ではどうします？　何か試してみたいものとかあったりします？」

「……やっぱりまずは《スキル》だな」

「ですよね」

小指が手元に用意していたウィンドウをこちらに投げてくる。

そこには、ズラっと《スキル》の名前が並べられているページが映し出されていた。

「これは、現在公開されている《スキル》の一覧です。気になるスキルを選択するとそのスキルコインが出てきて、試し撃ちを行うことができるようになります」

「オーライ。んじゃあ早速」

どれにすっか。こんなに種類があると、どうしても悩んでしまうな。

いっそのことランダムで選ぶか？　面白そうだし。

オレは目を瞑(つぶ)り、ウィンドウをスクロール……よし、コレ。

ほどなくして、手のひらに一枚のコインとウィンドウが出現する。

――《★★★スキル：チャーム　》

――《発動型(アクティブ)アビリティ：目を合わせた相手を魅了状態にする　》

――《受動型(パッシブ)アビリティ：――　》

「どれどれー……ん？」

オレの手に出現したスキルコインを覗(のぞ)き見て、目を丸くする小指(こざし)。

そして、その顔には次第に悪戯(いたずら)っ子のような笑みが浮かんでいき――

「使ってみてもいいですよ、センパイ。もちろんワ、タ、シ、に」

耳元で囁(ささや)かれたそんな声に、オレはブルリと背中を震わせた。

「ノーセンキュー！」

「あ――――！」

超スピードで手の中のコインを放り投げたオレを見て、小指が大声を上げる。

「さて、気を取り直して」

あざとく頬(ほお)を膨らませる美少女を押しのけ、再びウィンドウへと視線を落とす。

普通に選ぼう。無難なヤツを選ぼう。そうしよう。

オレは迷いなく、一番上の文字列《★スキル：ファイアバレット》をタップする。

先ほど小指に説明してもらった、いわゆる《普通スキル》というヤツだ。

――《★スキル：ファイアバレット》

――《発動型アビリティ：〈10発〉の炎弾を指先から発射する》

――《受動型アビリティ：――》

手元に出現するスキルコインとウィンドウ。

小指に教わりながらコインを【スキルスロット】へとセットしたオレは、トレーニングルームの白壁に向かって人差し指を向けた。確か、こんな感じで良かったよな。

「あっ、ちょっと待ってください！」

小指が素早くウィンドウを操作する。

同時に、オレが指を向けている先に簡素なマネキン人形が出現した。

「スキルの試し撃ちの際によく使われるＮＰＣです」

「おお、壁打ちよりもこっちのほうがそれっぽくなっていいな。サンキュー」

素直に感謝の言葉を述べ、マネキン人形へと照準を合わせる。

……んで。これ、どうすれば発動すんだ？

「念じればいいですよ。魔法を発動するぞ！　って」

「オーライ」

集中。フーと息を吐き出し、再度指先をマネキンの頭部へと重ね合わせる。

――《★スキル：ファイアバレット》

視界にテキストが生じる。

同時に指先からこぶし大の火球が連続で飛び出し、マネキン人形へと向かっていった。

しかし――炎弾はマネキンに着弾することなく、壁の方に逸れていく。

そして、ジュッジュッと悲しい音を鳴らしながら、無機質な壁のシミとなった。

「まあ、最初だからですね！　上手くいかなくて当たり前ですよ！」

「そ、そーだな！　気を取り直していこう！」

自分自身に言い聞かせるようにして言い、マネキンに向き直る。

そして二〇発、三〇発、四〇発と炎弾を飛ばし……その全てを、壁のシミへと変えた。

「「……」」

二人して無言になる。やがて脳内に浮かんでくるのは……「ノーコン」という四文字。

エイムの上振れとか下振れとか、オレ、もはやそんな次元の話ではなかった。

一発たりとも命中しないとか、どんだけ才能ねーんだよ。

「……その、エイムっていうのは訓練すればするだけ上達していくものなので、センパイだってこれからですよ！　これから！」

そんな小指のフォローが逆に痛い。

が……自分の弱点を直視できないようでは、いつまでも成長はできない。

オレは心のノートに〈課題：エイム〉と大きく書き記し、気持ちを切り替える。

「よし、次！」

オレはウィンドウに表示されるスキルを《固有スキル》のみに絞る。

にしてもやはり種類が多いな。

「センパイ、スキル選びの際に最も重視するべきことって、なんだと思います？」

ウィンドウと睨めっこしながら唸っているオレを見て、小指がそう問いかけてくる。

「……さあ？」

そう答えると、小指は小憎たらしい笑みを浮かべながら開口する。

「正解はですね――〈シ・ナ・ジ・ー〉です」

そして、人差し指をピンと立てつつそう告げてきた。

「センパイは、カードゲームなどはされますか？」

「たしなむ程度は」

「自分でデッキを組んだことも？」

「もちろんある。デッキ作りはカードゲームの一番の醍醐味だしな」

「オーケーです。では、センパイはデッキを作る際、どんなことを意識されますか？」

デッキを作る際に意識すること？

「そうだな……どのカードを組み合わせれば、よりデケー効果を生み出せるか、とか？」

「はい、まさにソレです」

——シナジー。

それはある要素が他の要素と合わさることにより、その要素単体で得られるもの以上の効果を発揮することを指す言葉。他にも「相乗効果」などと言い換えることもできる。

「カードゲームのデッキ作りでは——『無数に存在するカードの中から、より効果が嚙み合っている組み合わせのものを見つけ出すこと』が重要だとされています。そして、この考えはウォーゲームのスキル選びにも当てはまるんですよ」

「あー……確かに」

先ほど小指が口にしていたスキルスロットの説明を思い出す。

スキルスロットとは、スキルコインをセットできるスペースのようなもの。

そこにコインをセットしていないと、スキルを発動させることはできない。

そして、一度にセットできるスキルコインの数は——最大【3】枚。

「どれほど強力なスキルを〈足し算〉しても」

小指の手元に〈100+100+100=300〉と記されたウィンドウが浮かぶ。

「——〈掛け算〉されたスキルには及ばない」

そして、そのウィンドウを塗りつぶすように、

新たに〈10×10×10=1000〉と記されたウィンドウが出現した。

「先ほども説明しましたが、ウォーゲームの後半戦ではスキルスロットが固定化されて、

スキルの変更ができなくなります。後半戦には、前半戦で手にしたコインの中からたった【3】枚を厳選して挑む必要があるというワケです。そうなった際には、このシナジーというものを意識してみてください。きっと、センパイの助けになると思いますので」

ウインクしながらそう告げ、小指はその手に三枚のスキルコインを出現させる。

続けてそれを、手元に開いているスキルスロットのウィンドウへと投入した。

「ま、百聞は一見に如かず、です！　――ワタシとバトルしましょう、センパイ！」

指先に〈カモン！〉というテキストをポップアップさせ、ニヤリと笑う小指。

「いや、お前、ゲームは見る専って言ってたじゃねーか」

「はい、言っていました。ですが、そんなゲーム音痴のワタシでも、スキルの〈シナジー〉を利用すればセンパイくらいは完封できる、ということです」

小指の言葉を耳にし、オレの中でなにかがメラッと燃え上がる。

「いいぜ、やろう」

「そうこないと！　では、センパイもスキルをセットしてください。どんなスキルでも良いですよ。レア度【★★★】のものでも、【★★★★】のものでも」

「いや、いまのオレには戦闘中にスキル使ってるヨユーねーだろうから、いいや」

「む、そうですか。了解です」

コクリと頷きつつ、右手で〈ナイフ〉を握る小指。

対するオレは拳闘士スタイルのプレイヤーが用いる武器――〈グローブ〉を選択。

徒手空拳。かの鬼畜ゲー〈ワンミリオン・ファイターズ〉でも愛用していたスタイル。

「では、レディー……ファイトです！」

小指の合図が耳に届くと同時に、オレは地面を蹴って飛び出した。

強化スーツの機能はＯＦＦになっているため、身体能力にブーストがかかることはないのだが……バーチャル空間の中だからか、心なしか身体が軽いような気がする。

彼我の距離は約五メートル。こちらの間合いが小指を捉えるまで、あと数歩。

オレは空気抵抗を極力受けないよう上体を倒し、更に加速。

そして渾身の力を込めた一撃をお見舞いするべく、固く握った拳を構えた。

――《★スキル：スモーク　》

直後。小指の身体を中心として、トレーニングルーム内を満たすほどの煙が発生した。

オレは「おわっ！」と驚愕の声を上げながら拳を突き出す。

しかしそれは小指に着弾することなく、なにもない空間を通過するだけに終わる。

避けられた。ヤバい、反撃が来る……！

格ゲーで鍛え上げられた本能が警鐘を鳴らしている。

煙で周囲が全く見えない。よってカウンターにガードを合わせるのは不可能。

マズい、マズい、マズい。はやくなにか。

「――落ち着け、バカ！」

自分自身へとそう言い放つ。冷静さを失ったらそれこそ相手の思うつぼだぞ、と。

跳ねる心臓を押さえつける。火照る身体を落ち着かせる。

戦闘の中に生まれた空白の数秒。そしてその数秒を経て、一つの疑問が脳内に浮かんだ。

……つか、よく考えてみたら、この煙の中じゃアイツだってまともに動けなくねーか？

「――いや」

ああ、なるほど。

アドレナリンで活性化した思考が、一瞬で小指の「狙い」を弾き出す。

おそらく小指は《この煙の中でも明瞭な視界を維持することができるスキル》を使っているのではないか。そうだな……仮に《千里眼》とでもしておこう。

つまり――《スモーク》×《千里眼》という組み合わせにより、一方的に相手へと不利な状況を押し付けることができるという〈シナジー〉を生み出している。

確かにこれでは、一対一の実力がどうこうという話ではなくなる。

オレの持つ「ゲーム経験」というアドバンテージが意味を成さなくなるから。

このままでは負ける。なす術なく。なら――

「オーケー、こいや」

静止。そして目を閉じる。

視覚がダメなら、その次に大きい情報源である聴覚を使う。

狙うは……足音。ここはアニメやマンガの世界ではないのだ。どれだけ細心の注意を払っていたとしても、足音というものは完全に消し去ることはできない。

全神経を耳に集中させろ。どんな小さな音も聞き漏ら——

「はい、ワタシの勝ちです」

こちらの脳を痺れさせるほど甘やかな声。それは、オレの耳元で発せられた。

ザワと粟立つ首の裏の皮膚。

慌てて飛び退こうとするが……喉笛にピタリと添えられたナイフがそれを許さない。

「降参しますか？」

「…………シマス」

オレはたっぷり数十秒にも及ぶ葛藤を経た後、呻くようにして告げた。

時間差で襲ってくる悔しさ。苦虫を噛み潰したような顔になるオレに、小指が微笑む。

「さてセンパイ、ワタシはいまの戦いの中で《★スキル：スモーク》以外にどんなスキルを使っていたか、分かりましたか？」

続けて飛んでくる、そんな問いかけ。

「えーと……一つは《煙の中でも明瞭な視界を維持するスキル》だろ？」

「おお、ほぼ当たりです。正確には《★スキル：サーモアイ》といって、生き物や物体が放出している熱を目で捉えることができるようになるスキルになります。視界がサーモグラフィーカメラで映した映像のようになる、と考えてもらえると分かりやすいかと」

なるほど。てことは視界が明瞭だったワケではなく。

この無機質な空間で、生き物であるオレだけがハッキリと見えていたってことか。

「それで、最後の一つは分かりますか？」

「ほぼ当てずっぽうだけど……《気配や足音を消す系のスキル》とかか？」

「正解です！　正確には《★スキル：スニーク》……足音を完全に消すスキルですね」

ああ、そっちか。確かになんも聞こえなかったもんなぁ。

悔しさで顔を歪(ゆが)めながら、小指の口から開示された情報を脳内で整理する。

──《スモーク》で相手の視界を奪い、

──《サーモアイ》で視界不良なフィールドでの優位性を確保し、

──《スニーク》で相手の急所を狙えるポジションへと接近する。

これが小指の生み出した〈シナジー〉の内訳。

「ちなみに、最初に《スモーク》で相手の視界を奪い去れば、その後こちらがなんのスキルを発動したかを悟られることもなくなります。相手のスキル発動を教えてくれるテキストは、その瞬間を視界に捉えていないと映し出されないので」

「あー、確かに映らなかった」

このスキルスタイルは、そんな副次効果まで計算して作られてるってのか。

「……それにこれ、全部レア度【★】のスキルなんだよな？」

「はい。その通りです」

体感的にはどれも【★★★】くらいに思えるんだが。

そんな感想を抱いてしまうのも、この三つの〈シナジー〉が凄まじいためだろう。

「……あー」

しばらくして、自分自身に対する情けなさがオレの胸に去来する。

エイムは全然ダメ。戦闘でも小指に完敗。今日のオレ、全然いいとこないじゃんか。

「シャンとしてください、センパイ！」

オレの胸中を察してか、喝を入れるようにしてそう告げてくる小指。

「合格するんですよね？　ウォーゲーム・ハイスクールに」

「……する」

「じゃあ、一秒たりともムダにしている時間はありませんよ！」

「……そーだな」

オレは気持ちを切り替えるために、ガンガンと拳を額にぶつける。

「オッケー、次。チャージシステムを試そう」

――チャージシステム。

それは、武器などにエネルギーをチャージすることができるシステム。

チャージ可能時間は最大で五秒間。

一秒チャージするごとに、攻撃力は〈＋1倍〉されていく……だったっけか。

「これもスキルみてーに念じるだけで発動するのか？」

「ですね、要領は一緒です」

マネキン人形の前に立ち、小指から順に〈グローブ〉に包まれた指を握り込んでいく。

――《　チャージカウント開始　》

チャージ開始を告げるテキストが視界に映り、光の膜に包まれる右拳。

おお、主観視点ではこんな感じになるのか。

――《　1　》――《　2　》――《　3　》――《　4　》――《　5　》

最大チャージ。しばらくその感覚を堪能(たんのう)した後、オレは限界まで引いた右拳を、

「――らあッ！」

マネキン人形へと思いっきり叩(たた)きつけた。

――《《　クリティカル・ヒット　》》

＝＝＝

──《《　クリティカル・ヒット　》》

視界を埋め尽くす閃光と共に、そんなテキストが弾ける。

そして遅れてやってきた轟音が、トレーニングルーム全体を揺らした。

ワタシこと小指結は、その光景を視界に捉えて「わーお」と目を細める。

まさかまさか、一発目から《《クリティカル・ヒット》》を成功させるとは。

──クリティカル・ヒット。

それは俗に〈会心の一撃〉や〈致命の一撃〉と呼ばれているもの。

多くのゲームにおけるソレは「攻撃時に低確率で発動する、通常よりも大きなダメージ」と説明されており、その具体的な発動条件が定められていることは少ない。

しかし、ウォーゲームは違う。

ウォーゲームでは《《クリティカル・ヒット》》の発動条件が明確に定義されていた。

その条件というのが──

〈エネルギー解放の瞬間〉と〈インパクトの瞬間〉が60分の1秒の誤差内で重なること。

「ビギナーズラック、というものでしょうか」

それはスポーツやギャンブルにおいて、初心者には強い幸運が訪れやすいという法則。

あまり信じていなかったが、案外本当にそういう力は存在しているのかもしれない。
一回で《《クリティカル・ヒット》》を成功させたセンパイを見て、そう思った。
「んだこれ……きッッッもちいい……！」
興奮気味にそう零し、センパイはすかさず拳を構える。
まるで無邪気な子供みたいだと。キラキラと瞳を輝かせるセンパイを見て思った。
チャージシステムという玩具が、彼のエンジョイ精神に火を点けてしまったのだろう。
「これは少し、長くなりそうですね」
やれやれと思いながら、ワタシは再びチャージを開始したセンパイへと視線を向けた。
二回目。
――《《　クリティカル・ヒット　》》
三回目。
――《《　クリティカル・ヒット　》》
四回目、五回目。
――《《　クリティカル・ヒット　》》――《《　クリティカル・ヒット　》》
――《《　クリティカル・ヒット　》》――《《　クリティカル・ヒット　》》――《《　クリティカル・ヒット　》》――《《　クリティカル・ヒット　》》――《《　クリティカル・ヒット　》》――《《　クリティカル・ヒット　》》

「…………………は、あ？」

ワタシはその「異常」と呼ぶ他ない光景を前にして、絶句していた。

いや。いや、いや、いや。ありえませんって、こんなの。ありえちゃいけませんって。

ノーミス。連続成功記録は、もう途中から数えるのを諦めている。

どういうこと？　意味が分からない。おかしい。おかしすぎる。

本来《クリティカル・ヒット》とはこんなにポンポン成功させられるものではない。

例えば、100％ホームランを打てる野球選手がいないように。

例えば、100％スリーポイントシュートを決められるバスケット選手がいないように。

――ウォーゲームにおいて100％《クリティカル・ヒット》を成功させることができるプレイヤーなんて、存在してはいけないのだ。

「……」

ゴクリ、と。唾を飲み込む音が、やけにハッキリと耳に届いた。

バクバクと心臓が跳ね、興奮で頬(ほお)が焼石のように熱くなっているのが分かる。

こんな化け物じみた芸当は、あの《IS(イズ)》でも不可能だった。

ワタシはいま、無限の可能性を目の当(ま)たりにしていた。

「あ」

しばらくして、センパイが初めて《クリティカル・ヒット》の発動に失敗する。

「あー、んー？」

拳を振り回しながら、首を傾げるセンパイ。

そして続いた言葉に、ワタシは今日何度目かも分からない衝撃を受けることとなる。

「やっぱこのゲームにも若干だけどあるな──ずれ」

……は？　はい？　いまなんて？

「いや……落ち着けー、ワタシ」

ずれ。おそらくセンパイはラグ──《タイムラグ》のことを言っているのだろう。

そうなのだろうが……その現実を受け入れることを、ワタシの頭が拒む。

──タイムラグ。

どんなゲームにも必ずと言って良いほど存在している遅延現象。

人間の脳が出した命令がゲームに反映されるまでの空白が生み出す、ずれ。

ゲーム中にラグに気づくというのは、よくあることだ。しかし、ウォーゲーム・ハイスクールが管理しているこの空間内に至っては、そんなことありえないハズなのである。

なぜなら、この空間内で発生するラグは──時間にして〈0・001秒以下〉と、常人では決して気づくことができないほどのものなのだから。

「……」

ありえない、ありえない、ありえない。

だけど、もしセンパイが言っていることが本当なのであれば?

それは——《I S(イズ)》にすらなかった超感覚が、センパイには備わっているということ。

「はは……」

ゾクという感覚と共に首の裏の皮膚が粟立(あわだ)つ。

ウォーゲーム・ハイスクールの〈特別招待生選抜試験〉が始まるのは……一〇月。

準備に充てられる時間は約三か月。

もしセンパイの才能が本物なのであれば、その時間をどのようなことに費やすべきか。

ワタシは驚くほど冴(さ)えわたっている脳内で、センパイというプレイヤーを「怪物」へと変貌させるためのレシピを組み上げていく。パズルのピースを繋(つな)ぎ合わせるように。

数秒後、ワタシはゆっくりとまぶたを持ち上げる。

そして——

「センパイ、ひとつ提案があります」

興奮を孕(はら)んだ声で、怪物のタマゴへとそう告げた。

三章▼〈特別招待生選抜試験〉その1

1

光陰矢の如(ごと)し。あっという間に時は流れ――気づけば一〇月。

遂(つい)にウォーゲーム・ハイスクールの〈特別招待生選抜試験(セレクション)〉当日がやってきた。

といっても、今日ですべてが終わり、合格者が決定するわけではない。

今日行われるのは一次試験。ここを越えても次の試験が待ち構えているのだ。

受付を済ませ、オレは指定されたダイブセンター内の個室に入る。机上には〈試験開始時間までにログインしてください〉と書かれた紙とダイブギアが置かれていた。

諸々(もろもろ)のチェックを済ませ、オレはダイブギアを装着する。

そしていつものように、こめかみ辺りにある起動ボタンをタップした。

――《　ウォーゲーム・ハイスクールへようこそ　》

目を開けると、そこには真っ白な空間が広がっていた。

周囲には既に受験生たちの姿がちらほら。十数人はいるだろうか。

ライバルたちの観察でもするか？　一瞬そんな考えが脳裏をよぎったが、やめる。

緊張で強張(こわば)った他人の顔を見ていると、こっちまで緊張してきそうだからな。

『受験生の諸君、聞こえているかい？』

しばらくして、試験監督らしき人物が壇上へと現れる。

オレは何気なしにその人物の顔へと視線を向け……目を見開く。

見覚えがある人物だった。長い髪に、特徴的なクマ。そしてよれよれの白衣。

確かオープンスクールのとき、オレをダイブセンターへと案内してくれたクマ女。

名前は……そう、御門（みかど）サンだ。

『うん、大丈夫そうだね。じゃあ早速――ウォーゲーム・ハイスクール〈特別招待生選抜試験〉、第一次試験の内容説明を始めよう』

瞬間、ピリと会場の空気が引き締まったのを肌で感じた。

『一次試験では――きみたちが持つプロウォーゲーマーの資質を見定めさせてもらう』

御門サンの背後に出現する巨大モニター。

そこに映し出されているのは、緑の生い茂る孤島を真上から捉えた映像。

『いま私の背後に映し出されているのは、この一次試験用に用意した仮想島なんだが、きみたちにはここでサバイバルをしてもらう』

『サバイバル……つまり、とにかく「生き残れ」ってことだ』

『そして、この試験が終了する条件は――「受験生の数が五〇人になること」』

周囲で息を呑（の）む音が上がる。

御門

『いまこの会場にいる受験生数は、一五〇名。つまり、一〇〇名がデスした時点でこの試験は終了となる。おおまかな説明はこれで終わり。どうだい、単純だろう？』

そう言うと、御門（みかど）はクマが浮かぶ目元を三日月型に歪（ゆが）めた。

『それと、きみたちには一人一台、この子たちを連れて行ってもらう』

直後、ウィンドウを指で撫（な）でた御門サンの前に、浮遊する球体が出現する。

『これは〈VRライブカメラ〉だ』

『配信者（ストリーマー）たちがゲーム配信を行う際に使用するものだね』

『そう、察しの良い子は既に分かっていると思うが——この試験は、リアルタイムで全世界に向けて配信されることになる。ちなみに、この取り組みは今年が初だ』

つまり……この〈特別招待生選抜試験〉というオレたち受験生のターニングポイントさえ、金稼ぎのイベントにしようってことか。とんでもねーこと考えんな。

しばらくして、VRライブカメラが受験生たちに配布される。

それを受け取ると同時に、視界の端にチャット欄が表示された。

……ピクリとも動かない。まあ当然か。個人視点視聴者数【0】って表示されてるし。

『では、質疑応答の時間に移ろう。質問がある受験生は、遠慮なく手を挙げてくれたまえ』

「はい」

『うん、積極的でいいね。ではきみ』

一人の女子が立ち上がり、その手にマイクを出現させる。

「もしも何十時間も終了条件が達成されなかった場合は、どうなるのでしょうか」

うーん、もっともな疑問だ。

オレたちは人間である以上、どうしても生理現象というものを無視できない。

睡眠、食事、トイレ。試験が長引けば、それらを我慢できなくなる瞬間は必ずくる。

そうなった場合、どう対処すればいいのか。

『フフ、いい質問だね。だが、その点について心配する必要はない』

御門サンは女生徒を見据え、ハッキリとそう言い放つ。

『むしろ、私は「試験時間が短くなりすぎないか」という点の方を心配している。なぜなら――きみたちにサバイバルを行ってもらうこの島は、危険度【★★★★】レベルのモンスターがうじゃうじゃ集まっている魔境だからね』

そして続いたそんな言葉を受け、受験生たちに動揺が走った。

一般的なウォーゲームでは、危険度【★】のモンスターを討伐するためには最低でも一チーム……つまり最低三人のプレイヤーが必要だとされている。となると、危険度【★★★★】のモンスターを倒すには最低十二人のプレイヤーが必要だということ。

そのレベルのモンスターがうじゃうじゃって、洒落(しゃれ)になってねーぞ。

『はい、では他に質問がある人』

「はい！」

『お、元気が良いね。ではきみ』

指名され、次の質問者が注目を浴びる。

オレもその声の主へと視線をスライドさせ——無意識に「あ」という声を漏らしていた。

そこにいたのは、一人の少年。オレはその受験生のことを知っていた。

三か月前、ウォーゲーム・ハイスクール主導で行われた《超新星杯》というウォーゲームの大会で、鮮烈な勝利を飾ってみせた天才。

そのゲーマーの名前はユウガ。彼は立ち上がってマイクを手に取ると——

「他の受験生をキルしてもいいんですか？」

満面の笑みでそんな質問を口にした。

ざわめきが広がり、敵意がユウガ一人に殺到する。

相変わらずヤベーなコイツ。心の中でそう零しつつ、オレは御門サンへと視線を戻す。

『そうだね……ルール上ダメではない、とだけ言っておこうか』

まあ、こう答えるしかないよな。不要な争いのせいで受験生の間に禍根が生まれ、それが試験外でのトラブルなどに繋がる、というのは学校側も望まない展開だろうし。

これはバトルロワイヤルではなく、サバイバル。

そのことを念頭に置いておいてほしいという意思が御門サンからは伝わるが。

「はい、ありがとうございました」

分かっているのかいないのか。変わらない笑顔のまま、ペコリと頭を下げるユウガ。

コイツに遭遇したらすぐに逃げよう。そう考えた受験生はオレだけではないだろう。

『他に質問は？　……ないようなら、早速試験の方に移らせてもらうよ』

そう言って御門サンが指を鳴らすと、会場内にゲートが出現する。

『準備ができた者から順に中に入り、強化スーツを選択するように。試験開始は一〇分後。それまでに準備が完了していない者は自動的に失格となるから、注意すること』

最後に『では、健闘を祈る』と残して去っていく御門サン。その背中を見送った受験生たちが続々とゲートに向かって歩き出す。オレもその流れに従ってゲートを潜（くぐ）った。

――《　強化スーツを選択してください　》

オレはすかさず速度特化の【２ｎｄ】スーツを選択。

ついでに初期装備は〈グローブ〉を選択する。

「ふーっ」

深呼吸を繰り返し、手元の〈準備完了〉ボタンをタップ。

そして数分後。

――《　３　》――《　２　》――《　１　》――《　ＳＴＡＲＴ　》

そんなアナウンスが轟（とどろ）くと同時に、オレは緑の孤島へと降り立った。

＝＝＝

ウォーゲーム・ハイスクールの心臓部――システム管理室。

各種ウォーゲームの資料データ収集と作成、分析。新システムの立案、導入、構築、管理。各種システムの動作監視、障害の一次対応。ウォーゲームシステムの定期改修。

与えられている業務は数知れず。

三百六十五日にわたり、その部屋の明かりが消える瞬間は一秒たりとも存在しない。

「まさか、こんな場所にきみのような客人が訪れるとはね」

試験監督を務める長髪の女――御門一華（みかどいちか）。

受験生たちへの説明を終えてログアウトした彼女は、目の前の人物を見てそう零（こぼ）した。

「あ、おじゃましてます！」

対するは、桃色混じりの白髪を持つ美少女――小指結（こざしむすぶ）。

まるで自分の部屋にいるかのようにして寛（くつろ）いでいた少女は、慌てて背筋を伸ばす。

「いやー、折角（せっかく）なので、特等席で観戦しようかと」

「もしかして今回の試験、きみが贔屓（ひいき）しているプレイヤーでも参加しているのかな？」

「さあ、どうでしょう」

「もしよければ、その受験生の名前を聞いても？」

「秘密でーす！」

――ケド。

「すぐに分かると思いますよ。多分、一番目立っちゃうと思うので」

自信たっぷりに言う小指を見て、御門は「へえ」と口元に微笑を滲(にじ)ませた。

「じゃあ、楽しみにしておこうかな。その子がこの一次試験の〈隠しルール〉に気づけるか、という点も含めて」

御門はクックッと笑いながら、モニターへと視線を移す。

「既に何人か、気づいている子はいるみたいだけどね」

＝＝＝

「やば、はやく隠れる場所探さないと」

「おい、こことかどうだ？　もしモンスターに見つかってもすぐ逃げれそうだし」

「モンスターこえー……！」

すれ違うプレイヤーたちの会話を耳にしながら、金の髪を揺らす少年は鼻を鳴らした。

おそらく彼らはここで脱落だろうな、と。

少年の名前は乙和海。プレイヤーネームは──《カイ》。

（この一次試験には、おそらく隠しルールが存在している）

カイは歩きながら、考えを巡らせる。

『きみたちにはここでサバイバルをしてもらう』

『サバイバル……つまり、とにかく「生き残れ」ってことだ』

『そして、この試験が終了する条件は──「受験生の数が五〇人になること」』

『いまこの会場にいる受験生数は、一五〇名。つまり一〇〇名がデスした時点で、この試験は終了となる』

想起するのは、試験監督である御門が口にしていた言葉。

カイは一次試験の説明を受ける中で、妙な引っ掛かりを覚えていた。

そしてその引っ掛かりが解消されたのは、この仮想島に降り立ってすぐのこと。

（御門さんは、この試験の合格条件について、明言していなかった）

彼女が明言していたのは──「受験生の数が五〇人になること」「一五〇人の受験生のうち、一〇〇人がデスすること」という、この試験の終了条件のみ。

『ここでは、きみたちが持つプロウォーゲーマーの資質を見定めさせてもらう』

加えてカイの抱いた違和感に拍車をかけていたのは、この文の中に紛れ込む〈プロウォーゲーマーの資質〉というワードだった。

プロウォーゲーマーの資質とはなにか。

ゲームに対して真摯に取り組み続けられる才能？

本番において緊張を飼いならすメンタルの強さ？

否。プロウォーゲーマーの資質とは——人々の目を惹きつける才能のこと。

プロウォーゲーマーとは、企業の「広告塔」としてウォーゲームという名の代理戦争へと身を投じる者たちを指す言葉だ。つまりこの一次試験では、日本一の財閥である鳳財閥の広告塔を担うに相応しい「何か」を証明できるかがカギとなってくる、ということ。

以上の情報を整理する。

すると……御門が明言していなかった〈合格条件〉が、自ずと浮かび上がってくる。

この試験の隠しルール。意図的に隠されている合格条件。

それは——自分の配信に、より多くの視聴者を集めること。

カイは傍らを浮遊するVRライブカメラを一瞥し、思考を加速させる。

いかにもランキング向きである明確化された数字……視聴者数。

おそらく一次試験終了時、受験生たちそれぞれが集めた視聴者の数が集計され、公にされていない隠しランキングへと反映されることになるのだろう。そして、いったい何人かは定かではないが、そのランキングの上位に名を連ねた者だけが次の試験に挑む資格を得ることができる、と。

「いいね、得意分野だ」

言って、カイはその口元に笑みを滲ませる。

——配信者。

それは、ライブ形式の映像を配信することで収益を得ている活動者のこと。

彼らが配信している動画のジャンルには〈雑談〉や〈音楽〉など様々なものがある。しかし、その中でも特に大きな盛り上がりを見せているのが——VRゲーム実況。

カイもそのジャンルで活躍している配信者の一人。

十五歳にして一〇万を超えるフォロワー数を誇る、人気配信者であった。

「〈認識阻害機能〉はONか……」

つまり、人気配信者《カイ》のネームバリューは、ここでは意味を成さないということ。

「当然か。OFFだったら僕のワンサイドゲームになっちゃうし」

——仕方ない、正攻法でいこう。

カイは立ち止まり、その場で耳を澄ます。そして近くの戦闘音を探した。

彼が考えた作戦の名は《漁夫の利作戦》。

プレイヤーと戦って消耗しているモンスターごと、その戦いを観ていた視聴者を横取りしようという、ローリスクかつハイリターンの作戦。
「――……ん」
見つけた。カイは耳で拾った幽かな戦闘音を頼りに走り出す。
植物の葉や蔦で形成された緑のカーテンを突っ切り、最短最速でその場所へと向かう。
数秒後。カイは目的地へとたどり着く。
そして目の前の光景を見て、小さく肩を落とした。
（少し遅かった、か）
そこにあったのは、モンスターの灰を漁っている黒髪少年の姿。
明らかに一戦を終えた空気。
（でもまあ、このまま隠れてついていけば、またチャンスは訪れるだろう）
気を取り直し、カイは気配を消す。
「んん？」
と――目にもとまらぬ速さで黒髪の少年が振り返ったのは、直後のこと。
カイの隠れる茂みへと向けられる視線。突然の出来事に、息が止まる。
次の瞬間。黒髪の少年は地面から一つの石を拾い上げ――ソレを全力で投擲した。
ヒュンと風を切る音を鳴らしながら飛来する拳大の石。
「おわっ！」

本能が鳴らす警鐘に従い、首を傾ける。

直後、コンマ数秒前まで自分の頭があった場所を、石の弾丸が通過した。

「……んあ、人？」

背中に冷たい汗の感覚を覚えながら視線を戻す。

するとそこには、警戒心ＭＡＸの様子で猛獣の如(ごと)き眼光を放つ少年の姿。

カイは跳ねる心臓の音を聞きながら、その口元にぎこちない笑みを浮かべる。

「あー、そのー……良かったら、組まない？」

そして気づけば、防衛本能に急(せ)かされるままそんな言葉を口にしていた。

シロト。少年はカイに対し、そう名乗った。

「僕はカイ、よろしく」

「……おう」

不審者を見るような目を向けられ、カイは苦笑する。

（まあ、ムリはないか）

茂みに隠れてこちらの様子を窺(うかが)っていたプレイヤーなんて、自分だって警戒する。

カイは下手くそな笑みを浮かべながら開口する。

「ところでシロト、きみは随分とイカした立ち回りをしているみたいだね」

周囲にいくつか築かれている灰の山に目をやり、カイは言う。

「コソコソ隠れることなく、こうして目立つ行動を取っているということは……シロトも気づ・い・て・い・る・側ってことでいいのかな？」

このサバイバル試験の隠しルールに、と。

声が配信に乗らないよう、口元を手で覆いながら告げるカイ。

「ん？　隠しルール？　そんなのあんのかよ」

——しかし、返ってきたのは、まったく予想していなかった反応だった。

きょとんと表現するに相応しい顔。冗談を言っているようには見えない。

「……待ってくれ」

分からない。分からないな。

「じゃあなぜ、きみは戦っていたんだい？」

このサバイバル試験において、わざわざリスクを冒してまでモンスターと戦うメリットなど一切ない。……隠しルールに気づけていないのなら、普通はそんな思考に至るはずだ。

それなのに、どうしてきみはその真逆の行動をとっていたのか、と。

カイは心の底から湧いた疑問をシロトへとぶつけた。

「なんで、って——楽しむため以外に、なんか理由があんのかよ」

なにを当然のことを、とでも言うようにそう告げるシロト。

その返答を受けて、今度はカイがきょとんという表情を浮かべる番だった。

「……楽しむため？　この人生の分岐点ともいえる〈特別招待生選抜試験（セレクション）〉の場において、きみは楽しむことを優先させている、ってことかい？」

「わりーかよ。心にいつもエンジョイズムを、がオレのモットーなんだよ」

答えると、シロトはその口元に幽（かす）かな笑みを浮かべ——

「せっかくのゲームなのに、コソコソ逃げ回ってるだけなんてもったいねーだろ？　時間いっぱい隅々まで遊び尽くしてやらねーと、ゲームの方も可哀想（かわいそう）だ」

そう繋（つな）げた。

カイは言葉を失う。まるで未確認生物にでも遭遇した気分だった。

そしてしばらくして、少年は僅かにその目を細めた。目の前にあるシロトの笑顔が、この上ないほど眩（まぶ）しいものに見えたから。

（……いつからだっけ）

ゲームを純粋に楽しめなくなったのは。

ゲーム中に「もっと楽しまなきゃ」という義務感を覚えるようになったのは。

（思い出せない。だけど……配信をするようになって以降のどこか、ってことは確かか）

どうすればもっとフォロワーに楽しんでもらえるか。

どうすればもっとフォロワーに反応してもらえるか。

フォロワーに飽きられないためには、どうすればいいか。

配信者として有名になってからは、なにをしていてもそんなことばかりを考えている。

いまのゲームのトレンドはなにか。

いま一番勢いのある配信者はどんなことをやっているのか。

再生数が回っている配信とそうじゃない配信ではどんな違いがあるのか。

多くの人々に注目されるようになってからは、どこにいてもそんなことを調べている。

（そうだ、僕は——）

ゲームを〈いまの地位にしがみつくための道具〉にしているのだ。

有名配信者としての自分を保ちたいがために、ゲームを利用しているのだ。

「ん？　どうした？」

「……いや」

増え続けているシロト視点の視聴者数を見て、カイは自嘲する。

ただ純粋にゲームを楽しんでいる彼に引き寄せられる視聴者たち。その明確化された数字が、自分を責め立てているように見えた。視聴者たちを集めるために「楽しむこと」を切り捨てた自分を、否定しているように見えた。

（僕には……彼に近づく資格がないな）

しばらくして、そんな考えに至る。

目を閉じて黙考。そして先ほどの「組まない？」という提案を取り消すべく口を開く。

「ねえ、シロ――」

「なあ」

シロトの緊張感を纏（まと）った声に言葉を制され、息を呑（の）むカイ。

「なにかよ、足音みてーなの聞こえねーか？」

そうシロトに促されて耳を澄ませてみる。

すると……確かに聞こえた。強大ななにかを思わせる、ズシンズシンという足音が。

「近づいてきてる……ね」

一瞬だけ顔を合わせた後、カイたちは揃（そろ）って音がする方向へと目を向けた。

そして数秒後。その瞬間がついに訪れる。

「――ＧＯＡＡＡＡＡＡＡＡＡＡＡＡＡＡＡＡＡＡＡＡＡＡＡ！」

大地が揺れるほどの咆哮（ほうこう）。花火のように弾（はじ）ける強烈な殺気。

続けて、緑のカーテンを丸太のような腕で薙（な）ぎ払いながら姿を現すのは、暴力の化身。

――《　★★★★モンスター：ブルーオーガ　》

青白の硬皮で覆われた肉体。凶器を思わせるような輝きを放つ二本の角。

そして、見た者すべてを恐怖のどん底へと陥れる一対の眼光。

瞬時に理解する。コイツは他のモンスターとは別格の脅威度を誇る怪物であると。

「に、逃げないと」

反射的にそんな言葉が唇から漏れる。

そして隣に立つ少年の横顔へと視線を向けて――カイは息を呑んだ。

そこにあったのはキラキラと輝く瞳。

シロトは青鬼を前にし、新しいゲーム機を買い与えられた子供のような表情を浮かべていた。少年は目の前の玩具に吸い寄せられるようにして、足を踏み出す。

――《チャージカウント開始》

「いくぜ、サンドバッグ。丹精込めてツブしてやる」

咆哮。シロトは両手にエネルギーの光を纏い、足元の地面を蹴り抜いた。

＝＝＝

全力で駆け出す。同時に、オレは三か月前のことを思い出していた。

初めてチャージシステムに触れた日のことを。あの日――ウォーゲーム・ハイスクールのトレーニングルーム内で小指に告げられた言葉を。

『――センパイ、ひとつ提案があります』

『センパイには、並外れた《クリティカル・ヒット》の才能があります』

『ですので、今日から試験当日までひたすらソレを伸ばすことだけに集中しましょう』

『はい？　練習なんてしなくてもクリティカルなら狙って出せる？』

『ち、ち、ち。甘いですねー。いまセンパイが当たり前のようにクリティカルを成功させることができているのは、相手が動かないマネキンだからです』

『止まっている相手だけでなく、モンスターやプレイヤーを相手にしても高確率で《クリティカル・ヒット》を決められる。そうなるには間違いなく訓練が必要です』

『そこでひとつ、クリティカルの成功率を上げるめたの訓練を考えてみました』

『ソレはですね――音ゲーのやり込みです』

音ゲー。

それは音楽とプレイヤーの同調性を競うゲームのこと。

つまり――〈エネルギー解放の瞬間〉と〈インパクトの瞬間〉の同調が鍵となる《クリティカル・ヒット》の成功率を上げるための手段として、それは最適だった。

「ははァ！」

パワー、耐久力、体格、経験値。

多分その中のどれを取っても、オレがコイツに勝っていると言えるものはない。

かろうじて勝てるものがあるとすれば、スピードくらいだろう。

普通に戦えば勝てるハズのない相手。誰が見ても明白な実力差。

だが──それを覆すのが《《クリティカル・ヒット》》だ。

テメーの動きなんて止まって見えるぜ。この三か月間、血反吐を吐くほどやり込んだ小指結二番目のオリジナル曲……〈イリーガル・ガール〉の譜面に比べればなァ！

加速。チャージカウントを視界に映しつつ矢のように前進する。

コンマ数秒後。肉薄した青鬼の顎へ三秒分のエネルギーを込めた左拳を叩き込んだ。

──《《1》》──《《2》》──《《3》》

──《《　クリティカル・ヒット　》》

火花のようなエフェクトを伴い、そんな文字が拳の着弾点で弾ける。

「ジャストォァアアアアアアアアアアアアアアアアアアアアアアアアア！」

ベキボキという破砕音と共に顎の硬皮を剥がされるブルーオーガ。

しかし、青鬼は動揺を露わにすることなく、こちらに向けて拳を振り下ろして来る。

すかさずバックステップ。オレは直前まで自分が立っていた地面が青い鉄槌で粉砕される光景を視界に捉えながら、再び前進。無防備に晒されているブルーオーガの胴体へと照準を合わせ、チャージを続けていた右拳を構える。

──《《4》》──《《5》》

最大チャージ。〈＋5倍〉という攻撃力を孕んだ輝きが、拳に収束する。

──《《★スキル：ストライクインパクト》》

更に、そこに重ね掛けするのは先ほど手に入れたスキル。

ストライクホーンというペガサスのような外見のモンスターが落とした、打撃に《攻撃力補正〈小〉》の効果を付与するというシンプルかつクセのない《固有スキル》だ。

その効果は一撃で切れてしまうが、ジューブン！

「おァ――らッ！」

渾身の力を込めた右ストレートを青鬼の鳩尾へとブチ込む。

――《《　クリティカル・ヒット　》》

先ほどよりも強烈なエフェクトが眼前で弾ける。僅かに遅れてやってくる轟音。

閃光の奥で、大鬼が大きく目を瞠っているのが見えた。

――《《クリティカル・ヒット》》＋《ストライクインパクト》＋〈最大チャージ〉

これが現時点のオレに出せる最大火力の一撃。

「〈シナジー〉ってヤツだ！」

パラパラと硬皮の破片を落としながら、たたらを踏むブルーオーガ。

オレはスキルの技後硬直から抜け出すと同時に、四肢へとチャージの光を纏わせる。

そして獣の如き咆哮を轟かせながら青鬼へと飛び掛かった。

「があああああああああああああああああああああああああ！」

まだまだ。こっからもっとギアを上げてくぞ。

――《　クリティカル・ヒット　》
一秒分のチャージ。左拳を相手の脇腹へと抉り込む。
――《　クリティカル・ヒット　》
二秒分のチャージ。右拳を相手の顔面へと叩き込む。
――《　クリティカル・ヒット　》
三秒分のチャージ。右踵を相手の顎に向かって突き上げる。
小パンチ、強パンチ、強キックの三連コンボ。
格闘ゲーム《ワンミリオン・ファイターズ》の中で培った経験がここで活きる。
回転、回転、回転。連撃の勢いを殺さないよう、回転の勢いに乗せて打撃を放つ。
乱打、乱打、乱打。一撃一撃が必殺の威力を持つ拳を、相手の急所へと突き刺す。
長い年月を経て形成されたのであろう青鬼の硬皮。
それは地層のように何層も重なっており、叩いても叩いても底が見えそうにない。
だが、苦悶の色に染まっていく大鬼の表情を見れば分かった。
ダメージは確かに内部へと届いている。そしてそれは確実に蓄積されている、と。
「ボーナスタイムだ、しっかり味わえ！」
――《　クリティカル・ヒット　》
10コンボ、11コンボ、12コンボ、13コンボ。

エネルギーの尾を引く拳が、縦横無尽の軌道を描いていく。

14コンボ、15コンボ、16コンボ、17コンボ、18コンボ。

炭酸のようにパチパチと弾ける(はじ)エフェクトが、視界を彩っていく。

加速していく動き。ゆっくりになっていく視界。クリアになっていく脳みそ。

その中でオレは——自分の口元が無意識に笑みの形を描いていたことに気づいた。

＝＝＝

「なにあの子⁉」

「《クリティカル・ヒット》が絶対成功するバグ⁉」

「そんなバグ起きたことないし、そもそも聞いたことすらないぞ！」

「あーもう、大事な〈特別招待生選抜試験(セレクション)〉の最中だぞオイ……！」

騒然となるウォーゲーム・ハイスクールのシステム管理室内。

（違う……アレはバグなんかじゃない）

そんな状況の中、御門(みかど)は唖然(あぜん)とした表情でモニターへと視線を注いでいた。

たった一人の少年が紡ぎ出している戦闘芸術ともいえる光景を目にしていた。

卓越した《クリティカル・ヒット》技術。初めて目にする超絶的バトルスタイル。

そして——心の底からの「楽しい」という感情が溢れ出した、無邪気な表情。

「ふふん」

しばらくして。

ただ一人……小指結だけが平然とした表情を浮かべていることに、御門は気づく。

「小指くん、もしかしてきみが言っていた、注目している受験生っていうのは？」

何も答えず、誇らしげな様子で胸を張る結。

対する御門は、その口元に引き攣った笑みを浮かべるしかなかった。

「——アレはいったいなんなんだい？」

しかし、すぐにその表情へ真剣な空気を纏いなおす。

「ワタシにもハッキリとしたことは分かりません。ただ、推測でよければ」

「聞かせてくれ」

「〈後天性ギフテッド〉……そう呼ばれる人たちのことを知っていますか？」

「事故などで脳に衝撃を受けたことで、予想外の才能を開花させた天才のことだね」

「流石、その通りです」

例えば、頭を強く打って以降、音符の流れを目で捉えられるようになった音楽の天才。

例えば、雷に打たれて以降、見えるもの全てを数式で表せるようになった数学の天才。

世界各地には、そういった者たちが何人も存在している。

そして、そんな不可思議な現象を言葉で表すとするなら――人体の誤作動。

本来目覚めることのない脳の機能、いわゆる第六感と呼ばれる超感覚の目覚め。

ゲームのバグにも似た才能を手にした者たち。

彼らのことを、研究者たちはこう呼んでいる――〈後天性ギフテッド〉と。

「もしかして、彼もその一人だと？」

「はい。ワタシも初めは信じられなかったのですが、彼は〈０・００１秒以下〉のタイムラグをハッキリと知覚することができるのだそうです」

「……流石に冗談だろう？」

「信じるか信じないかは御門先生次第でーす」

ニヤリと小憎たらしい笑みを浮かべてそう告げる少女。

冗談を言っているようには、どうしても見えない。

「……フフ……面白いね」

鼓動の高鳴りを感じながら、御門はモニターへと視線を戻した。

そして黒髪の少年と対峙(たいじ)しているブルーオーガの姿を視界の中心で捉える。

「いやー驚かされた。だから――今度はこちらが驚かせる番だ」

＝＝＝

――《 クリティカル・ヒット 》

50コンボ目。何度見たかも分からないエフェクトが弾け、エネルギーの光が霧散する。

ブルーオーガはもうボロボロだった。

水滴石を穿つ。初めは岩のように分厚かった皮の鎧も、オレが叩き込み続けた《クリティカル・ヒット》により、ほとんどと言っていいほど剥がれかけている。

「随分とスリムになったじゃねーか。そっちの方が似合ってるぜ！」

もう少しだ。自分自身にそう言い聞かせるように前進。

よろめく青鬼へと追撃の《クリティカル・ヒット》を叩き込んでいく。

不意に……ピシと。ヤツの心臓部分を覆っていた最も強固な硬皮にヒビが入る。

ソレを見たオレは更に踏み込んだ。いまが畳みかけるタイミングだと理性が語りかけてきたからだ。

しかし――

「ッッッッ！」

直後、本能が鳴らした最大音量の警鐘が脳内に響く。

ブワと粟立つ全身の表皮。オレは弾かれるようにして、その場から飛び退いた。

――《 ★★★★スキル：アーマー・パージ 》

視界端にそんなテキストが映し出されたのは、コンマ数秒後のことだった。

続けて、ブルーオーガの体躯を覆っていた残りの硬皮が弾丸のように弾け飛ぶ。

「ざッけんなああああああああああああああああああ！」

不安定な態勢になりながらも、オレは急所へと飛来する弾丸を拳で往なしていく。

しかし、どうしても避けきることができなかった硬皮の破片が、全身に突き刺さる。

反射的に「イテェ！」と叫びながら着地。下手くそな受け身を経て立ち上がる。

そして勢いよく顔を上げ……ブルーオーガの姿がどこにもないことに気づいた。

「アイツ、どこに――」

直後、右わき腹に衝撃。ごっそりと持っていかれる強化スーツの【耐久値】。

オレはなにが起こったのかを把握しようと努めながら、ゴロゴロと地面を転がる。

「ッ……ヤロー、隠し持ってやがったのか、第二形態」

なんとか起き上がり、オレはソイツを視界に捉える。

硬皮の鎧を完全に脱ぎ去ったことで露わになる、異常に発達した脚の筋肉。

明らかにスピードタイプへとフォルムチェンジしたと思われるブルーオーガが、先ほどまでオレが立っていた場所で肩を上下させていた。

「SYUUUUUUUUUUUUUUUU……！」

口端から煙を漏らしながら、上体を低くする青鬼。

来る。そう直感した瞬間、青鬼の姿が僅かにブレた。

「ォ！」

緊急回避。全力でその場から飛び退き、地面を転がる。

青い砲弾となったブルーオーガの体躯がオレの数センチ横を通過したのは、そのすぐ後のことだった。ツと冷たい汗が背中を伝っていくのを感じながら、即座に起き上がる。

マズい状況になった。敵の照準から逃れるように全力疾走しながら、オレは汗を拭う。

オレにあった〈スピード〉という唯一のアドバンテージが、たったいまなくなった。

皮の鎧という枷を取り去りスピードフォルムへと進化したコイツの速度が、完全にオレの速度を上回っている。それも、圧倒的と言っていいほどに。

「クッソ、やっぱ【★★★】レベルとなると、簡単に攻略させてはくれねーか……！」

漏れ出そうになる弱音を喉の奥に押し込みながら、オレは脳をフル稼働させる。

おそらくだが、スピードが強化された分、パワーや耐久値は下方修正されているハズ。

ヤツの一撃をモロに食らったオレがまだ生きているのが良い証拠だ。

「となれば」

いま一発でもアイツにオレの全力をブッ込むことができれば、あるいは。

「いや、どうやってやんだよ……ッ！」

超速で移動し続けている青鬼を見て、オレはセルフツッコミをする。

ムリだろ。いまのアイツに完璧な一撃を入れるのなんて。

「――ＡＡＡ！」

オレの心に生まれた僅かな隙を感じ取ってか、こちらへと一瞬で肉薄する青鬼。

すぐそこへと迫る凶悪な形の爪牙。

それを見たオレの脳内に浮かんだのは、「あ、やべ」という気の抜けた感想だった。

スローモーションになる視界。やけにクリアになる脳内。

青鬼の手によって息の根を止められようとした――刹那。

「ああああああああああああああああああああああああああああ！」

金髪の少年がオレの眼前へと割り込んでくる。

そして、チャージの光を纏ったシールドでブルーオーガの一撃を弾き返した。

＝＝＝

――《チャージカウント開始》

気づけば僕は駆け出していた。胸に灯った熱い「なにか」に突き動かされるままに。

ああ、もう、なんなんだ。そんなガラじゃないだろう、お前は。

心がそう告げている。しかし、前へ前へと突き進む足を止めることはできなかった。

原因は彼――シロトだ。

僕の心は魅了されてしまったのだ。

シロトが見せた神業と表現しても過言ではない《クリティカル・ヒット》技術に。

――では、ない。

なによりも僕の目を惹(ひ)きつけたのは……彼の表情だった。

魂から溢(あふ)れ出した「楽しい」という感情。打算も計算もない、純度100%の笑顔。

そんな彼の姿を目にし、心に「原点」が蘇(よみがえ)った気がした。ただ楽しくてゲームをやっていたかつての自分の姿が。寝る間も惜しんでゲームに没頭していたかつての感情が。

金とか、名声とか、好感度とか、そんなの知ったことじゃない。

大失敗すらも楽しみ尽くす、あの最高な時間の中にいた自分の姿を思い出す。

――きっとここが、僕の人生のターニングポイントだ。

一人のゲーマーとして。一人のストリーマーとして。

ここで殻を破らなければ、僕はこの先ずっと半端者(はんぱもの)として生きていくことになる。

「バカなことはやめろ」と。リスクを恐れる小心者の自分が、そう囁(ささや)きかけてくる。

「ここは大事な試験の場なんだぞ」と。合理主義者の自分が、そう語りかけてくる。

僕はそれらを「だまれ」と一蹴し、更に加速した。

「ああああああああああああああああああああああああああああああああああ！」

最大チャージ。五秒分のエネルギーが込められたシールドを無我夢中で突き出す。

そして、シロトの命を穿たんとしていたブルーオーガの爪を弾き返した。

ギィン！　という音と共に火花を散らすシールド。

骨まで伝わってくるビリビリという痺れに表情を歪ませながら、その場に踏み留まる。

「お前……なんで助けた？」

驚き半分、困惑半分といった表情でそう問いかけてくるシロト。

「放っておけば、勝手にライバルが一人減ったのに、って？」

「……」

「あはは、随分と僕は信用されてなかったみたいだね」

バツが悪そうな顔になる少年に、僕は思わず噴き出した。

どうして助けたのか……って。それは全部きみのせいだよ、シロト。

これまでに数多くのプレイヤーを観察、研究してきた僕は知っている。

――「本気」という姿勢は伝染する。

――「楽しい」という感情は伝播する。

僕はね、きみという存在に焚きつけられてしまったんだよ。

無視できないくらいにまで燃え上がってしまった胸の奥の熾火。

それが放つ熱が、僕に「逃げる」という選択肢を選ばせてくれそうにないんだ。

「まったく……ちゃんと責任はとってくれるんだろうね？」

「はあ？　なんのだよ」

「そりゃあ……と、お喋り(しゃべ)は一旦ここまでみたいだよ」

ゆらりと立ち上がり、鋭い凶器を思わせる眼光をこちらへと向けてくる青鬼。

その表情には怒りの色が滲(にじ)んでいるように見える。本気モード、ってことか。

「よし、じゃあ僕が前に出て隙を作る。シロトはそこにトドメを刺す係だ」

「……いいのかよ。そんなサポート的な役割押し付けちまって」

「押し付けられてやるんじゃない。僕自身が、その役割を担いたいんだ」

今回だけは、一番おいしいトコロを譲ってあげる。

「だから、絶対にやり遂げてくれよ？　シロト」

軽く手を挙げて、煽(あお)るような笑みを口元に浮かべてみせる。

すると、シロトもその口元を緩め、バチンと手のひらを叩(たた)きつけてきた。

「オーライ。安心して任せてくれ。オレ、本番には強い方だから」

「よし、それじゃあ僕たち二人の、初めての共同作業だ」

「……なんかその言い方、ヤだなあ！」

──《　チャージカウント開始　》

僕たちは同時にチャージを開始し、それぞれ別方向へと駆け出した。

僕はブルーオーガへと向かい、シロトはその真逆へと向かう。背中を向け合う形だ。

そうなると必然、青鬼のヘイトは僕一人へと集中する。

直後、青鬼の輪郭がブレ、その姿が一瞬にしてかき消えた。

「速すぎ……！」

直接対峙したことで、その〈スピード〉のデタラメ具合を改めて思い知らされる。

傍から見るのとでは大違い。こんなの、いまのスーツの性能では反応すらできない。

——普通であれば。

「ここ、だろ！」

そう言い放ちながらシールドを向ける先は、右斜め後ろ。

コンマ数秒後、チャージしていたエネルギーの光が視界端で弾け、右腕が芯まで響くほどの痺れに襲われる。しかし……【耐久値】の減りはほんの僅か。

素早く振り返る。するとそこにあったのは、爪での攻撃をシールドに阻まれた状態で静止しているブルーオーガの姿。その驚愕に染まった表情を見て、僕は薄く笑う。

——パリィ。それは武器を用いて敵の攻撃を弾く技術のこと。

シロトを見ていると忘れそうになるが、チャージしたエネルギーとは攻撃だけでなく防御にも利用することができるのだ。まさしく、このように。

「ＧＯ——ＡＡＡＡＡＡＡＡＡＡＡＡＡＡＡＡＡ！」

一秒足らずでパリィによる硬直状態から抜け出すブルーオーガ。

バックステップでその場から離脱しながら、僕は脳内の情報を更新していく。

三秒分のチャージエネルギーを用いてのパリィで、硬直時間は一秒足らず。

短い。隙と呼べるほどの時間ではない。

最低でも二秒の硬直時間は作り出したい。となると……五秒チャージはマスト。

加えて、そのパリィに《《クリティカル・ヒット》》の威力を重ね掛けできれば最高。

「……ムチャいうなよ」

超速で移動するモンスターから五秒というチャージ時間を稼ぎつつ。

一〇回に一回成功するかも分からない《《クリティカル・ヒット》》を狙え、って？

できるか、そんなこと。現実主義者の自分が嘲笑混じりに吐き捨てる。

——でも。

「やらないと、いけないんだよ」

いまの僕の原動力となっているもの。それは意地。

僕は確かに「隙を作る」と言った。一度口にしたことを貫き通せないで、なにが男か。

「それに……」

できたら「面白い」よ？　……そうゲーマーの自分が語りかけてくる。

できたら「おいしい」よ？　……そうストリーマーの自分が囁き（ささや）かけてくる。

なら、やるしかないだろう。全力で当たりにいくしかないだろう。

「――う、おおおおおおおおおおおおおおおおおおおおおおおおおおおおお！」

雄叫びで自らを奮い立たせる。そして再び駆け出した。

――《チャージカウント開始》

左手に持つシールドが淡く輝くのと同時に、ブルーオーガの姿が掻き消える。

だから、分かってるんだよ！

視界がブレるほどの速さで上体を倒す。直後、ブオンという音が真上を通過した。

――《１》

初撃の回避に成功。

しゃがみ込むような態勢になった僕は、すかさず地面に両手をつく。そして前転。

間髪入れずして、すぐ傍で轟音が響いた。青鬼が地面に足裏を叩きつけた音だ。

――《２》

弱肉強食ではなく適者生存。

そんなストリーマーの世界で磨かれた「適応能力」が、遺憾なく発揮されていた。

先ほどのシロトとの戦いから、コイツの攻撃パターンはほぼ掴めている。

このまま落ち着いて対応することができれば、問題はない。

――《３》――《４》

いける。そう心の中で呟いた瞬間、同時に「しまった」と思った。
フラグというやつだ。こういう時は大抵……予想外のなにかが起こる。
漠然とした嫌な予感。そして、それを体現するように――青鬼がガパリと顎を開いた。
――《★★★スキル：鬼の咆哮》
「GAAAAAAAAAAAAAAAAAAAAAAAAA！」
放たれるのは、鼓膜を引き裂くほどの咆哮。内臓をビリビリと震わせるほどの雄叫び。
バチンという音と共に身体が硬直する。
同時に視界に表示されるのは《状態異常：スタン》のテキスト。
――《５》
最大チャージ。左手に持つシールドが準備万端だと言わんばかりに眩い光を放つ。
が……身体が動かない。言うことを聞いてくれない。
ふざけんな。ここまできたのに。あとはコイツの一撃を弾き返すだけなのに。
致命的な隙を無防備に晒しながら、僕は眼球を動かす。
そして見た。こちらに向けて太刀のような爪を振り下ろそうとしている青鬼を。
真っ白になる視界。
足元の地面がガラガラと音を立てながら崩れ去っていくイメージが脳内に浮かぶ。
脳内であらゆる情報が入り乱れ、渋滞を起こしている。

極限まで追い詰められた僕は、限界まで引き伸ばされた一瞬の中で——開口した。
「ああああああああああああああああああああああああああああああああ！」
咆哮。……いや、たったいま青鬼が放ったものとは似ても似つかない、ただの大声。
ソレには相手にスタン状態を押し付ける効果なんて籠っちゃいない。
だけど……僕は確かに、脳のリミッターがカチャンと外れる音を聞いた。
——《スキルレジスト成功》
——《状態異常：——》
視界に映し出されたそれは——状態異常の打ち消しに成功したことを告げるテキスト。
通常時、レジストの成功確率は約〈５％〉とされている。
この土壇場でソレを引いたっていうのか？
「——出来過ぎだって、まったく」
こんな劇的な展開、自分のゲーム配信でやったら「やらせ」だって叩かれるよ。
思わず口元が緩む。こんな状況だというのに、気の抜けた笑みを漏らしてしまう。
ああ、楽しいな。
心の中でそんな言葉を零しながら、僕はシールドを握る手に力を込めた。
いまなら、なんだってできる気がする。
「ＧＯＡＡＡＡＡＡＡＡＡＡＡＡＡＡＡＡＡＡＡＡＡＡＡＡＡＡ！」

超速で振り下ろされる爪。僕はソレを限界まで引きつけ――

――《　クリティカル・ヒット　》

完璧なパリィで弾き返した。

視界を染め上げるド派手なエフェクト。驚愕で彩られる青鬼の表情。

「さ、あとは頼んだよ、シロト」

「オーライ」

パリィで生じた反作用に身を任せながらバックステップ。

そのまま入れ替わるようにして飛び出していくシロトの背中を見送る。

――《　★スキル：ストライクインパクト　》

「グッドゲーム。一発で終わらせてやる」

硬直状態。声を上げることもできず、シロトへと怒りの眼差しを向けるブルーオーガ。

無防備な状態で晒されている心臓。その一点に照準を合わせ、少年は腰を落とす。

そして、エネルギーの輝きを纏った拳を全力で突き出した。

――《　クリティカル・ヒット　》

辺り一帯を染め上げる閃光。僅かに遅れて広がっていく轟音。

貫通。攻撃を阻む皮の鎧を失った青鬼の胸は、シロトの拳によりあっけなく貫かれる。

「AAAAA――……」

弱々しい断末魔の叫びを響かせたのち、絶命。

青鬼の巨躯は大量の灰へと姿を変え、地面を覆った。

盛大にため息を吐きながら、僕はその場にへたり込む。足にまったく力が入らない。

そして訪れる、数秒前まで激しい戦闘が行われていたなんて思えないほどの静寂。

しばらくして――

「お前、スゲーじゃん！　なんでアイツのスピードについていけてたんだ!?」

耳が痛いほどの静寂を切り裂いたのは、キラキラした目でこちらを見るシロトだった。

「ああ、いや、全然ついていけてなんかなかったよ。ただアイツの攻撃パターンを把握して、次に攻撃が来ると思われるところにシールドを置いてただけ」

「だけ、って……そう簡単にできることじゃねーと思うんだが」

そんな言葉と共に差し出される右手。

僕はそれを力強く握りしめ、地面から尻を浮かせた。

「ありがとな。オレに手を貸してくれて」

「……いや、礼を言うのは僕の方だよ」

そう返すと、シロトは「オレなんかしたっけか？」とでも言うように眉を寄せる。

ああ、きみは僕に、ゲームを楽しむ気持ちを思い出させてくれたんだ。

「ありがとう」

目をパチパチとさせながら、シロトは「どーいたしまして？」と零す。

しかしすぐに「あっ」とその眉を持ち上げ、

「そういえばお前、戦う前に〈隠しルール〉がなんとかって言ってたよな？」

そう続けた。

「ああ、そうだった！」

完全に忘れていた。戦いに集中しすぎて試験のことが頭から抜けていた。

僕は視線をスライドさせ、僕たち二人の配信に集まっている視聴者の数を確認する。

――《シロト：6787人》

――《カイ：4921人》

その数字を見て、僕はホッと胸を撫でおろした。

この一次試験の〈隠しルール〉とは――通過するには〈より多くの視聴者を自分の配信に集める〉という条件を達成する必要がある、というもの。そして……断言することはできないが、三千人も集めることができれば通過は確定だろうと僕は予想していた。

つまり僕たち二人は、既に一次試験通過圏内にいるということ。

それはそうだ。あんな死闘を繰り広げたのだ。三千人くらい来てもらわないと困る。

脳内の情報を整理しながら、僕はシロトに向き直る。

「隠しルールというのは――」

ドス、と……そんな音が耳に届くのと同時に、声が出なくなった。

シロトの目があらん限りに見開かれ、表情が驚愕(きょうがく)の色に染まる。

その視線の先にあるのは――おそらく僕の首筋。

「え……あ？」

そして遅れて視界に飛び込んでくる、自分のものと思われるダメージエフェクト。

その出どころは、やはり首元。……なにかが刺さっている？

「あ」

直後、青鬼との死闘で消耗していた【耐久値】が……ゼロになる。

そして自分の身になにが起こったのかも理解できないまま、視界が暗転した。

＝＝＝

突然の出来事に、オレは呆然(ぼうぜん)としていた。

ナイフ。ナイフだ。カイの首に、刃渡り二〇センチほどのナイフが突き刺さっている。

「おい！　大丈夫か！」

警戒を強めながらカイへと手を伸ばす。

しかし、その手が彼の身体(からだ)に触れることはなかった。

儚（はかな）く底をつく【耐久値】。刺さっていたナイフだけを残して消失するアバター。

「嘘（うそ）、だろ……」

カイが、たったいまの戦いを経て認め合った戦友が……デスした。

この一次試験におけるデス。それは〈特別招待生選抜試験〉からの脱落を意味する。

カイはこれで終わり？　こんなにもあっけなく？

あらゆる情報が脳内で渋滞する。受け入れられない現実に、思考が停止しかける。

直後――本能がけたたましいほどの警鐘を鳴らしてきた。

オレはそれに従うまま、真後ろに向けて拳を突き出す。

ギィン！　という接触音を響かせ、グローブに衝突したなにかが地面へと落下する。見るとそれは、カイの首に刺さっていたものと同じナイフだった。

「あれ、いまの防げるんだ」

視界の先に映る茂み。ここからだと、距離にして三〇メートル先といったところ。

ソイツは「なにか」を投擲（とうてき）した直後だと分かる態勢で、そこに立っていた。

その「なにか」というのは当然……オレとカイを襲ったナイフだろう。

「テメーは……」

叩（たた）き落したナイフを踏（ふ）みつけ、オレはソイツを睨（にら）みつける。

この〈特別招待生選抜試験〉で最も厄介な危険分子。頭のイカれた天然の天才。

赤髪の少年――ユウガ。

「え、なんか怒ってる？」

「たりめーだろ。こそこそ隠れて不意打ちなんて、そん――」

「別に僕、ルールに違反することはしてないと思うんだけど？」

こちらの言葉を最後まで聞き届けることなく、そう被せてくるユウガ。

そのたった一言二言のやり取りだけで、オレは理解した。

コイツは言葉の通じる人種ではないのだと。

「じゃあ――オレがテメーをブッ倒しても、恨むんじゃねーぞ！」

とりあえず一発ブン殴らせろ、と。

脱落したカイの思いを勝手に背負い込み、オレは全速力で駆け出した。

――《チャージカウント開始》

――《１》――《２》――《３》――《４》――《５》

両手に光の粒子を纏わせながら、オレは三〇メートルの距離を詰める。

対するユウガは、ダラッと脱力した姿勢でオレを待っている。ナイフを構えもせずに。

……あ、これ、デジャヴだ。三か月前の《超新星杯》で見た状況と、まったく同じだ。

オレは自分の姿に、黒髪の少女――メリーの姿を重ね合わせる。

これがあの時の再現になるなら、ユウガはこの後――

メリーの軌跡をなぞるようにして赤髪の少年へと肉薄する。そしてオレは急停止した。

「あえっ？」

目にもとまらぬ速さでオレの背後に回り込もうとしていたユウガが、大きく目を瞠る。

ワンパターン。分かってんだよ、テメーの考えてることは。

「歯ァ食いしばれ！」

そう言って放つのは、左手の一撃。

――《　クリティカル・ヒット　》

顔面に向けて突き出した拳は、ユウガのクロスした両腕に阻まれる。

しかしクリティカルによって生じた衝撃が、少年のガードを一気に剥がした。

「おわっ！」

予想外の出来事の連続に、目を白黒させるユウガ。

「おかわりいくぞ！」

手を緩めてやるつもりはない、という意思を込めて、もう一発。

オレは渾身の力を込めた右ストレートを、その鳩尾に向けて放った。

――《　クリティカル・ヒット　》

ジャストミート。オレの一撃をモロに食らったユウガの足が地面から浮く。

そこに追い打ちをかけるべく踏み込む。しかし、少年が猫を思わせる動きでひらりと着地したため、オレは停止を余儀なくされた。

追撃は敵わなかったが、オレの連撃により彼の【耐久値】はごっそりと削れている。

「イテテ……って、別に痛くないのに、思わず言っちゃうよね」

ユウガは殴られた箇所を片手で押さえながらも、平然とした様子で立ち上がる。

「……随分とヨユーそうじゃねーか」

「全然余裕なんかじゃないよ！　ぼくはいつも必死さ！」

わざとらしく話すユウガに「どうだか」と返し、オレは警戒を強める。

「と、そんなことはどうでもよくて。ねえ、一つ聞きたいんだけど」

「……んだよ」

「もしかしてだけど、きみ、さっきのクリティカル狙ってやってた？」

「だったらなんだよ」

「え、本当にそうなんだ！　凄いなあ、きっと沢山練習したんだね」

ユウガは繰り返すように「凄いなあ」と口にする。

「ぼくにはできないもん、実践ではなんの役にも立たないただのパフォーマンスを磨くのに、貴重な時間を割くことなんて！」

そして、ほんの少しの悪気もない様子でそう繋げた。

オレは数秒間、ソイツの言っていることが理解できずに硬直する。

いま、なんて言った？　なんて言われた？　オレの《《クリティカル・ヒット》》を「実践ではなんの役にも立たないただのパフォーマンス」だと、そう言ったのか？

腹の底から、マグマのように熱い「なにか」がグッグッと湧き上がってくる。

その「なにか」の名前は、そう……「怒り」だ。

オレが必死に過ごしてきたこの三か月間を否定されたことへの、怒り。

「じゃあお喋りもここまでにして。やろうよ、続き！」

上等だ。完璧に勝って、さっきの言葉ゼッテーに撤回させてやる。

オレは返答を投げることもなく、全力で地面を蹴り砕いた。

――《チャージカウント開始》

同時に、右手に握るナイフへとチャージを開始するユウガ。

狙いは相殺か。同じ威力のチャージ攻撃をぶつけて、オレの一撃を無効化する、と。

「やってみろよ……！」

こっちの一撃にはクリティカル分の威力が上乗せされる。

そのナイフ、ブチ折ってやる。

「があああああァ！」

オレは獲物に牙を突き立てるようにして、光が脈動する拳をナイフへと叩きつけた。

そして……あらん限り目を見開く。

――《《　クリティカル・ヒット　》》……が、発動しない。

「こんな風にミートポイントを少しズラしてあげれば、クリティカルは殺せる」

掲げられたナイフの奥で、赤髪の少年が薄く笑っていた。

全身の立毛筋が一気に収縮し、長さ一ミリにも満たない産毛までもがブワリと逆立つ。

すかさず後ろにステップを踏んでユウガから距離を取ろうと試みる。しかし、彼はそれを許してくれない。一歩分ほどの距離を保ちながら、超速の追撃をしかけてくる。

引き剥がせない。これじゃあチャージをする余裕が、ない……！

「分かった？　ほんの〇・一秒の隙がゲームオーバーに繋がる対人戦において、最低でも一秒の溜めを要するチャージシステムなんてただの雑音でしかないんだって」

「ッ」

「対モンスター戦なら通用するかもだけど、人間相手だとただの曲芸でしかないよ」

「うるせー！　トレーナー気取りかっての！」

受けて立ってやる。ユウガの言葉を受けたオレは、後退するのをやめる。

ここから先は、純粋なアバター操作技術が勝敗を分けるフィジカル勝負だ。

「があああああああああああああっ！」

こちらに利があるとすれば、その手数だろう。

ナイフという武器に縛られているユウガと違い、オレは両手を自由に扱うことができる。

代わりにリーチが短いという弱点はあるが、相手がナイフならそこまで問題ではない。

往なす、往なす、往なす。防戦一方になりながらも、確実にユウガの攻撃を捌いていく。

焦るな。いまは耐える時だ。耐えて、耐えて、耐えて、コイツの「綻び」を引き出す。

そして、全身全霊のカウンター一発でGGだ。

一〇秒、二〇秒、三〇秒……オレは息を荒くしながら、ひたすら耐え忍ぶ。

そして——「その時」は不意に訪れた。

足元に転がっていた石。それを踏みつけたユウガの身体が、ほんの僅かに傾いたのだ。

オレは「いましかないぞ」と自分自身に言い聞かせ、ダンッと踏み込んだ。

「ああああああああああああああああああああ！」

裂帛の気合を込めた一撃。

それは確かに目の前に存在しているユウガの顔面を捉える——ことはなかった。

「——ッ!?」

オレが見ていたのは彼の残像だった。その事実に気づけたのは、コンマ数秒後のこと。

「目の前に差し出された勝機に飛びつかずにはいられない……それはきみたち〈勝利に飢えた獣〉の普遍的な習性にして、大きな弱点の一つだよ、っと！」

「がっ、は！」

こちらを羽織いじめにしながら、そう告げてくるユウガ。

クソ、あの隙は意図的に作られたものだったってことか……！

オレはなんとかいまの状況から脱しようと全力で抵抗する。しかし暴れれば暴れるほどユウガの腕に籠る力は増していく。

「あー、楽しかった。じゃあね」

視界端で、ナイフの刀身がキラリと光った。

――《一次試験終了》

――《六〇秒後、自動的にゲームからログアウトされます》

――《通過者には〈二次試験コード〉を送信します。しばらくお待ちください》

そんなテキストが視界に映し出されたのは、オレが終わりを覚悟した直後のこと。

ドッドッという心臓の音で脳内を支配される中、オレは脱力する。

「あー、惜しかったー！」

悔しそうにそう言いながら、オレの拘束を解くユウガ。

「仕方ないか。じゃ、続きはまたいつかね！」

そして彼は、軽やかな足取りで森の奥へと消えていった。

静寂。取り残されたオレは自分の荒い息を聞きながら、地面へと拳を打ち付けた。

2

一次試験が終了してから、約一〇分後。

オレは送られてきた〈二次試験コード〉なるものを入力し、再びウォーゲーム・ハイスクールへとログインする。

無機質な白の空間。そこには既に、一次試験の通過者らしき受験生の姿がちらほら。

「……カイ」

アイツはもういないのだと頭では理解しながらも、どうしても目で探してしまう。

少しの間とはいえ、背中を預け合った戦友。

「どうしたんだい、シロト。哀愁なんか漂わせちゃって」

「そりゃあ、お前を脱落させちまったんだ。そんな状態にもなるだろ」

………ん？

視線を真横へとスライドさせる。するとそこには金髪のイケメン——カイが立っていた。

「なんでいんの？　お前」

「なんで、って、一次試験を無事通過したからだけど」

「いや、でもお前、キルされたじゃん。首にナイフぶっ刺されて」

「ナイフを刺されてたのか。自分じゃ見えなかったから、いま初めて知ったよ」

まるで自分がここにいることが当たり前だとでも言わんばかりの落ち着きぶり。

あれ、おかしいのってオレの方なん？

「ま、きみが知りたいことは、これから説明されるんじゃないかな」

カイの視線が前方へと向く。

『お疲れ様だ、諸君』

オレたち受験生の耳にそんな声が届いたのは、直後のことだった。

カイの視線を追っていくと、壇上に立つ御門サンの姿が視界に映る。

「……ん？」

不意に。その視線がこちらに向いたような気がして、オレは背筋を伸ばした。

……気のせいか？

変わらぬ様子で話し始めた彼女を見て、とりあえずそう結論づけることにする。

『もしかしたらこの中には、「どうして自分はここにいるんだ？」と不思議に思ってる子もいるんじゃないかな？　まずはそんなきみたちへの種明かしから始めることにしよう』

という前振りから始まった御門サンの話をまとめると、こんな感じだった。
・一次試験には公にされていない〈隠しルール〉が存在していた。
・その〈隠しルール〉とは——
二次試験に駒を進めるための真の条件が、

――〈プレイヤーが残り五〇名になるまで生き残ること〉ではなく、

――〈《リアルタイム視聴者数ランキング》で、上位六〇位以内に入ること〉である。

というように設定されていた、というもの。

要するに、一次試験を突破するには逃げ隠れしているだけではダメで、視聴者の興味を引くような行動を起こしてより多くの注目を集める必要があった、ということだ。

なんともまあ、意地の悪い試験だなあ。

『種明かしは以上となる。それで、ここにいるきみたちには次の試験へと駒を進めてもらうことになるんだが……残念ながら、その二次試験が行われるのはまた後日となっている。今日のところはこれで解散だ』

会場に満ちていた空気に、安堵の色が混ざる。

『次の試験日はちょうど二週間後。現時点では、その日に二次試験と最終試験を一気に行う予定となっている。そのため、準備を怠らないようにね』

御門サンがそう口にすると同時に、受験生たちの手元に小さなウィンドウが出現する。

そこには、次の試験に関する詳しい情報がまとめられているようだった。

『折角だから口頭での説明もこの場でしておこう』

言うと、彼女はその口元を笑みの形に歪める。

『二週間後、きみたちに臨んでもらう試験。それは――ウォーゲームだ』

……やっぱりそうきたか。

心の中でそう零(こぼ)し、オレはブルリと肩を震わせる。

『まず知らない者はいないと思うが、いまきみたちの手元のウィンドウに表示されているのが、ウォーゲームの基本的なルールだ。今回の試験で使用するルールも、大体はそれに則(のっと)っていると思ってもらっていい。そしてこれが、細かい設定となっている』

勝手に切り替わるウィンドウ上の情報。映し出されるのは《ゲーム設定》のページだ。

——《　前半時間：１８０分　》

——《　後半時間：60分　》

——《　チーム形式：スリーマンセル　》

その内容を目にして、オレはほっと胸を撫(な)でおろす。

めちゃくちゃ変則的なルールとかだったら経験不足のオレは詰んでいた。

『ただ一点、今回のウォーゲームには、通常とは大きく異なっている部分が存在している』

『それは——〈後半戦に進出することができるチームの数が限られている〉という点だ』

『前半戦を経て後半戦に進むことができるチームは——全部で五チーム』

『そして前半戦を突破するための条件。これは一次試験のものをほぼそのまま利用する』

『つまり、最も多くの視聴者を集めた五チームのみが、後半戦へと進めるというワケだ』

五チーム。スリーマンセル……一チーム三人という点を踏(ふ)まえると、合計で十五人。

一五〇人から六〇人。そして六〇人から十五人か。

着々とふるいに掛けられているのが見て取れるな。

『そして、その五チームで後半戦を行い、そこで最後まで生き残ることができた一チームのみが、たった三枚しか用意されていない〈特別招待生〉のチケットを手にすることができる……という流れとなっている』

つまり前半戦が〈予選〉で、後半戦が〈本選〉みたいな扱いになるって感じか。

ここにきて、ようやくゴールが明確になった。

『ああ、それと一つ。このたったいま説明した〈前半戦突破のための条件〉は、視聴者には開示しないこととなっている。ゲームを観戦する視聴者の思考に変なフィルターがかかってしまう可能性があるからね』

例えば、同情フィルター。

視聴者をより多く集めなければならない、という突破条件が開示された場合——「可哀想だからランキング下位の受験生も観てあげるか」と考える層は、必ず現れる。そんな視聴者によってランキングが変動するような展開を、学校側は望んでいないらしい。

『そしてその代わりに視聴者には——〈キルポイントランキングの上位五チーム以内に入ること〉が前半戦突破のための条件だと伝えている』

そして御門サンが指を弾くと同時に、オレたちの手元に一枚のウィンドウが表示された。

・モンスターの危険度別獲得ポイント数一覧
危険度【★★★★★】モンスター：１００００ポイント
危険度【★★★★】モンスター：５０００ポイント
危険度【★★★】モンスター：１０００ポイント
危険度【★★】モンスター：５００ポイント
危険度【★】モンスター：１００ポイント

『〈キルポイントランキング〉……それは、モンスターを討伐することで入手できるポイントの合計値が反映されたランキングのことだ。危険度が高いモンスターほど、倒した時に獲得できるポイント数は大きくなっていく。つまりそのランキングの上位を目指すには、より強いモンスターをより多く討伐していく必要があるということだね』

しかし――

このランキングの上位五位以内に入ったとしても、真の合格ラインである〈リアルタイム視聴者数ランキング〉の上位五位以内に入っていなければ後半戦には進めない、と。

……いや、どっちにしろ〈キルポイントランキング〉の上位に食い込むくらいの活躍がなければ、〈リアルタイム視聴者数ランキング〉の上位五位以内に入り込むことも不可能だと考えることもできるか。あーくそ、頭がパンクしそうだ。

『以上で、次の試験の説明は終了だ。それでは、これからチーム分けを始めるよ』

『チーム分け……そっか、こっからの試験は三人一組で挑むことが前提だもんな。

『チームはクジ引きで決める。つまり、完全にランダムってワケだ』

壇上に四角のクジ箱が用意される。

『これによって決定した仲間たちが、この〈特別招待生選抜試験〉での命運を共にする運命共同体となる。それを理解した者から壇上に上がるように』

それから、約二〇分後。

「ねえシロト。きみは〈主人公補正〉ってものを知っているかい？　分かりやすいように例を挙げるなら……〈探偵の主人公が行く先々で事件に遭遇する現象〉なんかがソレに該当するね。かっこよく言い換えるとするなら、運命を自分にとって都合がいいものへと捻じ曲げる力、って感じかな。僕はね、その〈主人公補正〉ってものを持っている人間はリアルにも存在していると思ってるんだ。例えば僕とかね。つまり何が言いたいのかというと——同じチームだね、シロト」

オレと同じ〈9〉のクジを引いたカイが、なんかスゲー早口で語りかけてくる。

対するオレはドン引き顔を浮かべながら、頬をヒクつかせていた。

「運命も、僕ときみは一対であるべきだと考えているみたいだね」

「キメーこと言うなよ。思わず手が出そうになる」

「手が出そうって……見かけによらず大胆だね、きみは」

「多分いまお前が想像してんのじゃない方の意味の『手が出そう』だ！」

眉を吊(つ)り上げながら言うと、カイは「まったく、このツンデレめ」と返してくる。

一刻も早く「コイツと二人きり」という状況から脱したい。

その一心に突き動かされながら、オレは三人目のチームメイトを探し回る。

そうして会場を歩き回ること数分。

次々と受験生たちの姿が減り続けていく中、オレの目が、ある受験生の姿を捉える。

腰のあたりまで伸びた黒髪に、僅かに青みがかった瞳。

そして、鋭いナイフを思わせるような端整な顔立ち。

その頭上を見ると、そこにポップアップしているのは《ヒメリ》の文字。

そう、そこにいたのは、オレと同じ中学に通う女子生徒——九曜姫凛(くようひめり)その人だった。

「そうだよな……そりゃあ、一次試験くらいは軽々と突破するよな」

思い起こされるのは、三か月前の記憶。

ウォーゲームの大会《超新星杯》で、天才少女として祭り上げられていた彼女の姿。

ユウガというイレギュラーのせいでその印象は薄れてしまっていたが、コイツも間違いなく「頭一つ抜けている」と言っていい実力を持っていた。

「もしかして、彼女なんじゃないかな？」

隣に立つカイから不意に飛んできたそんな言葉に、オレは目を丸くする。

――シューティングゲーム界隈（かいわい）における《ＩＳ（イズ）》と称される天才が、味方になる。

そんなこと、これっぽっちも想像していなかった。

彼女が強敵としてオレの前に立ちはだかる未来ばかりを考えていた。

もしカイの言っていることが現実だとしたら、そんなの最高以外のなにものでもない。

オレはカイに「行こう」と告げ、ヒメリのもとへと歩み寄る。

そして彼女の二メートル手前ほどの位置で立ち止まると、小さく「あの」と零（こぼ）した。

「……なに？」

氷のように冷たい視線と共に、ぶっきらぼうな声がこちらへと向けられる。

対するオレは……なにも口にすることができず、硬直する。

パッシブスキル《人見知り》が発動。

思考が渋滞を起こし、だらだらと汗が流れる。なにか、なにか、なにか一言。

「――オレのこと覚えてる？」

しばらくしてなんとか絞り出すことができたのは、そんな言葉だった。

下手なナンパ師かテメーは。

心の中で自分自身にツッコミを入れながら、ここ数年で最大級の羞恥心に襲われる。

「……」

オレからの質問を受け、なにも返すことなく眉根を寄せるヒメリ。

まさに「誰、コイツ」といった感じだ。……あー、そう。ま、そうだよな。たった一回教室のドア前でぶつかっただけの男子なんて覚えちゃいないよな。殺せよ、いっそ。

「あー、すみません。僕たちのチーム、最後の一人がまだ見つかってなくて……失礼ですけど、クジの番号を見せてもらっても？」

見てられないといった様子で、カイがオレの前に割り込んでくる。

すると少女は怪訝そうな表情でオレたち二人の姿を観察した後、手に持っているものをこちらに見せてきた。ソレは……〈9〉という数字が確かに記されているクジだった。

ビンゴ。どうやら彼女が最後のチームメイトで間違いないらしい。

オレとカイは目を合わせ、自分たちの持つ〈9〉のクジをヒメリへと見せる。

「どうやら同じチームみたいだね。僕はカイ、よろしく」

自己紹介の流れを作ったカイに乗っかる形で、オレは「あー、シロト」と名乗る。

対する少女はしばらくの沈黙を経た後、小さくその唇を開いた。

「ヒメリ」

そんな返事に、人懐っこい笑みを浮かべながら「よろしく」と返すカイ。

つーか、コイツのことずっと〈メリー〉と認識してたせいで、本名を名乗られると変な感じがするな。この試験では名前の変更ができないみてーだから、仕方ねーけど。

「それにしても、シロトじゃないんだけど……僕たちってどこかで会ったことある？」

手を握り返してくるヒメリの顔を見ながら、カイがそう呟く。

「いいえ、ないわ」

「んー、そう……なんか、既視感があるんだけど」

カイの視線を真正面から受けて、僅かに表情を強張らせるヒメリ。

おそらくだが、カイは《ヒメリ》ではなく《メリー》のことを知っているのだろう。しかし、ここでは〈認識阻害機能〉が働いているせいで、記憶の中にいる少女と目の前にいる少女の姿を結び付けることができない。

そう、三か月前のオレが陥っていたものとまったく同じ状況だ。

仕方ねーな。カイのモヤモヤを払拭する意味も込めて、オレが代わりに聞いてやるよ。

「お前、メリーだろ？」

言うと、これまでずっと仏頂面だった少女が、その目を大きく見開いた。

「メリー？　……ああ！　本当だ！　シューティングゲーム界隈のスター、メリー！」

「なんでいままで気づけなかったんだろう！」と、手を叩くカイ。

「あの〈正確無比〉が仲間になるなんて、頼もしいことこの上ないよ。ねえシロト」

興奮で頬を紅潮させていくカイに、オレは「そーだな」と頷きを返す。

しかし、それに反比例するようにして顔を強張らせていくヒメリ。

「――最初にひとつ言っておくけど」

しばらくして、氷のような表情を纏い直した少女が放ったのはそんな前置き。

「私、今回の試験で飛び道具を使う気ないから」

そして続く言葉を耳にし、オレとカイは心からの「は？」を口にした。

飛び道具を使わない、って。

自分のストロングポイントである武器をわざと捨てるってことだよな？

「……意味分かんねーって。なんでそんな舐めプみてーなことすんだよ」

「それはそちらのご想像にお任せするわ」

「ふざけんな。そんな返答で『はい分かりました』って納得できるワケねーだろ」

「そっちが納得しようとしまいと、絶対に考えは曲げないから」

オレはこめかみ辺りの青筋を浮かび上がらせながら、ヒメリを睨みつける。

「つかテメー、大会でもその舐めプかましてユウガにボロ負けしてたじゃねーか」

「あれはっ！　……少し油断しただけ。もう二度と同じ手は食わない！」

「いーや、食うね。アイツはそんな甘い相手じゃねー！」

威嚇し合う獣のように額を突き合わせ、至近距離で視線を交わすオレとヒメリ。

一触即発。すぐに殴り合いが始まってもおかしくない雰囲気。

「分かった、じゃあ決闘で決めよーぜ。オレが勝ったら、一〇〇パーこっちの言うことに従ってもらう。テメーが勝ったら、一〇〇パーこっちがそっちに従う。これでどうだ？」

「いいアイデアね。受け入れるわ、その申し出」

「オーケー、じゃあいますぐ――」

「はいはい、そこまで。二人とも落ち着いて」

――と、オレたちの間に割り込んできたカイが、動物を宥めるようにして告げてくる。

邪魔すんな、と。八つ当たりの言葉をぶつけようとするオレを、カイは片手で制した。

「ちょっと、周りを見てみようか」

そしてそう促され、オレたちはゆっくりと周りを見た。

そこにあったのは……チラチラと横目でこちらを見る、受験生たちの姿。

「いま僕たちのことを観察しているのは、全員ライバルだ。そんな彼らが見ている前で仲間割れなんて、百害あって一利なし。余計な情報を与えるだけだと思わない？」

「……」

「ああ、だけど決闘自体に文句を言うつもりはないよ。それで二人が納得してくれるのなら、好きなだけ闘り合うといい。ただ、場所を考えようね、ってこと」

にこりと笑って言うと、カイはウィンドウを操作して目の前にゲートを出現させた。

「とりあえずトレーニングルームに移動しようか。御門さんが『今日だけはウォーゲーム・ハイスクール内の施設を自由に利用していいよ』って言っていたし。ね？」

…………はい。

3

ウォーゲーム・ハイスクール内、トレーニングルーム。

オレとヒメリはその中心で向かい合い、互いの視線を真正面からぶつけ合う。

「それじゃあ、決闘のルールを簡単におさらいするよ」

レフェリー役を務めるカイが、オレたち二人を見てそう告げてくる。

ルール１：試合形式は〈ＢＯ１〉……つまり一回勝負。

ルール２：武器の使用は自由。

ルール３：スキルの使用は不可。

ルール４：強化スーツの【覚醒値】は【50】で固定。

問題はないね？　と確認してくるカイに頷(うなず)きを返す。

そしてオレは〈グローブ〉を、ヒメリは〈レイピア〉を構えて、互いの目を見据える。

数秒後、カイが手元のウィンドウを操作するのと同時に、視界に決闘開始までのカウントダウンが表示される。与えられた猶予は一〇秒だ。

精神を落ち着かせながら、オレはヒメリのスーツを確認する。

彼女が身に着けているのは、クセのなさが魅力である全体強化の【6th】スーツ。

対するオレは、クセの強さは一番とされている速度強化の【2nd】スーツを着用。

──《10》──《9》──《8》──《7》──《6》

──《5》──《4》──《3》

スキルの使用は不可となっているが、チャージシステムは開放されている。

アバターコントロールの練度や読み合いの精度はあちらの方が数段上だろうが、その差を覆すのが《《クリティカル・ヒット》》というものだ。

ユウガのように対応される前に、ソッコーで終わらせてやる。

──《2》──《1》──《0》──《START》

カウントが終了すると同時に、オレは四肢へのチャージを開始する。

それを視認してか、ヒメリが一瞬にして距離を詰めてくる。

「ふッ！」

神速。秒間六発にも及ぶ突きが、こちらの心臓を穿たんと牙を剥く。

オレはそれらを最小限の動きで避けていく。

チャージ中の両手は使わない。ひたすら足を動かして相手を攪乱。

急所以外なら貫かれたっていい。耐えて、耐えて、コイツから隙を引き出す。

そう、これは……先ほどユウガに通用しなかった戦い方。オレはアイツが意図的に作り出した〈ニセモノの隙〉に釣り出される形で敗北を喫した。

その嫌なイメージが脳裏にこびりついてしまっている。

わりーが、そいつを払拭するために、この一戦を利用させてもらう。

「ふ——ッ！」

こちらに息継ぎのヒマを与えることなく、次々と剣の切っ先を突き出してくるヒメリ。

スーツ性能の差でスピードはこちらが数段上。

そのハズなのに……開始からずっと、オレはついていくのでやっとの状態だった。

その理由は、おそらく彼女が放つレイピアの軌道の〈正確さ〉にある。

コイツは、オレの急所へと伸びる最短かつ最適なルートを最速でなぞってくるのだ。

まさに正確無比。一ミリのズレだって存在しない、まるでお手本のような剣さばき。

ゼッテーA型だろコイツ。

「お、あ、おッ！」

それでもオレは、なんとか致命傷を避けつつ食らいつくことができていた。

お手本のようだから・・・こそ、読みやすくもあるのだ。

コイツのレイピアの切っ先は、最適解であるルートを辿りながら向かってくる。

その事実が、オレが次にとるべき行動を懇切丁寧に指し示してくれる。

優等生。良くも悪くも教科書通り。ヒメリの剣筋には〈遊び〉がない。

正反対の動きをするユウガと戦ったいまだからこそ、こう思える。

——ヒメリは戦いやすい。

絶えず攻撃を続ける少女の表情に、焦りの色が見え始める。

念のためフェイントなどへの警戒も行ってはいたのだが、いまの彼女にそんなものを織り交ぜる余裕はなさそうだ。余裕がない風に振舞っているようにも見えない。

「——ッし！」

仕掛ける。オレは少し大きく身を捩り、こちらに伸びてくるレイピアを避ける。

そして五秒分のエネルギーを込めた手刀を、ヒメリの手首へと打ちつけた。

——《　クリティカル・ヒット　》

驚愕に目を見開きながら、レイピアを手放す少女。

しかし流石と言うべきか、その後の対応もお手本のように迅速だった。

一瞬で「レイピアを捨てる」ことを選択し、バックステップ。オレに追撃のチャンスを与えることなく、立て直しを図ろうとする。が——そうはさせない。

「待てよ、優等生！」

お利巧じゃねー戦い方ってもんを見せてやる。

オレは僅かに右足を引き——使い手を失ったレイピアの柄を爪先で蹴りつけた。

ソイツは一直線に飛んでいき、その進路上に立つヒメリの胸に突き刺さる。

ダメージエフェクトを撒き散らしながら、困惑の表情を浮かべるヒメリ。

そこに今度こそ追撃を仕掛けるべく、オレは疾走する。

「があああああああああああああああああああっ！」

爪牙を研ぐように、チャージしたエネルギーを残している右拳を構える。

その動作を見て、ヒメリは両手を持ち上げた。それをクロスさせてガードの形を作る。

だからこっちは——足を出した。

「がッ、は！」

メリ、という音を立ててヒメリの鳩尾にめり込むオレの爪先。

意識誘導。またの名をミスディレクション。

相手の注意を、こちらの意図した場所へと誘導するテクニック。

最初からオレの狙いは「蹴り」だった。そこから彼女の注意を逸らすため、視覚的に派手なチャージシステムをオトリとして利用したのだ。

——パフォーマンス。ユウガはオレの《クリティカル・ヒット》をそう表現した。

なら、あえてこういう使い方をするのはアリだろ。

「うお、らあァ！」

乱打。完全に体勢を崩したヒメリにオリジナルのコンボを叩き込んでいく。

そして五秒と経たずして、彼女の【耐久値】は底をついた。

――《 ＹＯＵ　ＷＩＮ 》

視界に表示される華々しいテキスト。それを確認しながら、息を整える。

しばらく身体の火照りを落ち着かせた後、オレはへたり込むヒメリへと歩み寄った。

「おい、約束どーり、テメーはこれからオレに従ってもらうかんな」

「……」

「まず、さっきの『飛び道具は使わない』っつー宣言、撤回してくんね？」

「……」

「おーい、聞いてっかー？」

「……ムリ」

「あ？」

「ムリなの」

そう言って顔を上げたヒメリは、泣きそうな表情を浮かべていた。

「――使わないんじゃなくて、使えないのよ……！」

使わないのではなく、使えない？

どういうことだ……と、そう問いかける前に、少女が小さく口を開ける。

「全部アイツ……《ＩＳ》のせい」

そしてその唇からポツリと零れた言葉に、オレはピクリとまぶたを震わす。

「詳しく聞かせろよ」

「……少し長くなるわよ」

頷く。すると少女は少しだけ間を置き、その口を開いた。

「……知ってる？　日本は〈VReスポーツ〉を国技にしたいんだって」

アメリカでいう〈アメリカンフットボール〉のように。

イタリアでいう〈サッカー〉のように。

キューバでいう〈野球〉のように。

日本は〈VReスポーツ〉を、国を代表するスポーツにしようとしているのだ、と。

ヒメリは消え入りそうな声で語りだす。

「そして、その目的を達成するためには、避けて通れない一つのプロセスがある」

「それが――日本〈VReスポーツ〉界に一人のスターを誕生させる、というもの」

「このウォーゲーム・ハイスクールという施設も、あの【進化の箱】計画という施策も、すべてはそのプロセスを踏むために作り出されたものよ」

初めて耳にする話だった。

国主導でゲームを野球やサッカーに並ぶほどのスポーツへと成長させる計画、か。

言われてみれば、いくつか心当たりがある気がする。

　例えば、新たに〈ＶＲｅスポーツ〉に関する授業が義務教育に追加されたこと、とか。

「そして約二年前……〈最高傑作〉と称される不敗のゲーマー《ＩＳ（イズ）》が誕生したことで、その計画の進行速度は加速した。このままいけば〈ＶＲｅスポーツ〉が日本の国技になるのも時間の問題だって、そう言われていた。――一年前までは」

　一年前……それは《ＩＳ》が表舞台から姿を消した時期。

「そう、日本が国を挙げて祭り上げていたスターが突如として消えたことで、プロジェクトは頓挫の一歩手前まで追いやられた。だけど日本は諦めなかったのよ。なんとか持ち直そうと、《ＩＳ》の代わりを担えるようなスターの発掘に躍起になった。そこで白羽の矢を立てられたのが、日本〈ＶＲｅスポーツ〉界の最前線で活躍していた、若きゲーマーたちだった。私を含めたね」

　ヒメリはなにかを想起したのか、軽く唇を噛（か）んでから続ける。

「ある日突然〈正確無比〉だの〈天才少女〉だのって大仰な肩書きを背負わされた私の気持ちが分かる？　この身体（からだ）に何百万という視線を注がれる恐怖を理解できる？　勝手に期待されて、勝手に失望される……この悔しさが、アンタに伝わる？」

　少女の話を聞きながら、オレは三か月前を思い出していた。

　……《超新星杯》でメリーを観察しながら小指（こざし）と交わした会話の内容を。

『んだこれ。これじゃあまるで、コイツが主役に据えられた舞台だな』

『……実際、その通りだと思いますよ。今日の出場選手の中で、既に名のあるプレイヤーは彼女だけみたいですし』

『……つまり、他のプレイヤーは全員当て馬ってことか』

オレの中で二本の線が繋がる。

つまり、メリーにスターとしての箔をつけることを目的としていたあの大会も、コイツ本人の意思を無視して行われていたものだった、ってことか。

「……それでも初めの頃は、なんとかその期待に応えようとしてたのよ。健気にもね。だけど、なにもかもが空回りするの。弾を的に『当てよう』と思えば思うほど、射撃の精度は急降下していくの」

「……」

「いまの私のスナイパーとしての腕は、よくて三流レベル。調子が悪いと一〇発に一発も当てられない時だってある。そんな後衛、誰だって仲間にしたくないでしょ？」

少女は自嘲するように笑う。

「これが、私が飛び道具を使えない理由」

そして最後にそう締めくくった。先ほどまでの強気な表情は、もうそこにはない。

オレはそんな少女の姿を見て……三か月前の自分を思い出していた。

――自分と他人のプレイを比較してしまうのは、ゲーマーの普遍的な心理である。

それは小指が口にしていた言葉。多分ヒメリはその状態に陥ってしまっているのだろう。常に自分と《ＩＳ》を比べてしまう、という三か月前までのオレと同様の状態に。

だから、本来の自分のプレイを１００％発揮することができない。常にチラつく〈失敗のイメージ〉のせいで、無意識に「本気を出すこと」に制限をかけてしまっている。

『案外似た者同士なのかもしれませんね』

と、これも三か月前、小指がオレに向けて放った言葉。

なんだよ、アイツの言う通りじゃねーか。

無意識に「はあーっ」とため息を零す。それを見て、ヒメリがビクリと肩を震わせた。

「オーケー。ならお前の戦闘スタイルについては、もう口出ししねーよ」

「……『それでもやれ』とか、『あと二週間でなんとか克服しろ』って言わないんだ」

「はあ？　お前の中のオレってそんなイメージなの？」

「命令するのなら、従うわよ。なんとかなるよう努力もする。決闘、負けたんだし」

オレは「あのなあ」と口にし、眉根を寄せる。

「ゲームってのは命令されてやるようなもんじゃねーだろうが」

そしてヒメリをズビシと指差しながら、ハッキリとそう告げた。

「なによりも『楽しむこと』優先！　努力とか、克服とか、ソイツがお前にとって『楽しい』に水を差すよーなもんなんだとしたら、むしろ禁止だ。絶対にすんな！」

最後に「分かったかバーカ」と付け足し、目を丸くしているヒメリから視線を外す。

同時に、オレの背後でカイがクスリと笑ったような気がした。

「……ヘンなヤツ」

戸惑い六割、安堵四割といった様子で呟くヒメリ。

「じゃ、よろしくなヒメリ」

オレはそう言って右手を出す。

少女は僅かに躊躇いながらも、オレの手を握り返すべく右手を持ち上げ――

「ちょっと待った」

間に割り込んできたカイに、それを遮られる。

「和解の雰囲気が流れているところ悪いんだけど、一ついいかい？」

少年はチラリとこちらを見て言うと、黒髪の少女へと身体の正面を向けた。

「色々と事情があるのは分かった。だけど――〈負けた方は勝った方の命令に従わなければならない〉……そんな条件が定められている決闘に負けたきみが一つもお咎めを受けないってのは、少しモヤモヤするんだよね」

「……は？」

ピリと。その瞬間、確かにトレーニングルーム内の空気が引き締まった。

「そこで、ひとつお咎めを考えてみた」

お咎め？　首を傾げるオレの前でカイは口を開き――

「ヒメリ、今日から僕たちは、きみのことを〈ヒメリン〉と呼ぶね」

相手をバカにするような声音で、そう告げた。

「は？　嫌なんだけど」

「あれ、気に入らなかった？　じゃあ〈負け犬〉とかにする？」

「呼び方じゃなくて、名前以外で呼ばれること自体が嫌なんだけど。というか、どうしてアンタがそれを決めるワケ？　私に決闘で勝ったワケでもないのに」

「別に、いまからやってもいいけど」

「上等じゃない」

睨み合う二人の背後に、龍と虎の姿を幻視する。

「あのー……オレが言うのもなんだけどさ……仲良くしね？」

こうして、オレたち凸凹三人衆はスタートを切ることとなった。マジ不安しかない。

……ちなみに、ヒメリン呼びは決闘に勝ったオレだけオーケーということになった。

四章▼〈特別招待生選抜試験〉その2

1

――ウォーゲーム・ハイスクール〈特別招待生選抜試験〉二次試験当日。

ダイブセンターから試験会場へとログインしたオレは、チームの二人と合流する。

「おう、調子はどーだ？」

「バッチリだよ。いまならブルーオーガでも一人で倒せそうなくらい」

「そりゃ頼もしいな。ヒメリンは？」

ヒメリン。そう呼ばれた少女は僅かに眉を顰(ひそ)めながらも、オレの言葉に応じる。

「……微妙。あんまり寝れなかった」

薄っすらと目の下にクマを浮かべながら、ハアと息を吐く。

「あんま気張るなって、この二週間みっちり特訓してきたじゃねーか」

「分かってないわね。しっかり準備してきたからこそ、肩に力が入っちゃうんじゃない」

そんな会話を交わしながら、オレはこの二週間の特訓を思い出す。

――ひたすら一対一の決闘を繰り返す。

それが、今日に至るまでオレたち三人が行ってきた特訓の内容だ。

おかげで〈アバターコントロールの練度〉や〈読み合いの精度〉などは随分と磨かれたと思う。いや間違いなく磨かれた。なにせ、一日最低三〇〇戦はやったからな。

オレたちほどフィジカル訓練に時間を費やしたチームは他にないだろう。

そう断言できるくらい、この二週間はずっとゲームの中にいた。

「じゃあ、またあとで」

ウォーゲームの準備が完了し、強化スーツ選択の時間が訪れる。

各々が着用するスーツについては、既にすり合わせ済みだ。

オレは速度特化の【2nd】スーツを選択。

いまごろカイはバランス型の【6th】スーツを、
そしてヒメリンはスキル特化の【7th】スーツを選択していることだろう。

……前半戦に与えられている時間は三時間。

その制限時間内に、オレたちは〈より多くの視聴者を自分の配信に集める〉必要がある。

ちらりと傍（かたわ）らに目を向ければ、そこにはプカプカと浮遊するVRライブカメラの姿。

現在の視聴者数は……当然【0】人。

「うしっ！」

初期装備である〈グローブ〉を装着した両手で、頬（ほお）を思いっきり叩（たた）く。

数秒後、試合開始までのカウントダウンが終了すると同時に、視界が暗転した。

──《GAME START》


直後、光を取り戻した視界に飛び込んできたのは──見渡す限りの大自然だった。

木、草、蔦、苔。その外観だけでなくニオイまでもが、森林のそれ。

「ここは……《嘆きの大森林》だね」

近くに歩み寄ってきたカイがそう口にする。

それは奇しくも、三か月前の《超新星杯》でも使われていたフィールドだった。

そしてヒメリンにとっては、敗北の記憶を植え付けられた因縁の場所でもある。

「毒系のスキルを使うモンスターに要注意。はやいとこ解毒アイテムが欲しいわね」

しかし、ヒメリンは落ち着いている様子だった。

コイツのことだから、気丈に振舞っているだけかもしれないが。

「そんな心配そうな目で見るんじゃないわよ。背中がゾワゾワする」

「あ？　そんな目してねーが？　試験に集中しろやツンデレ女」

中指を突き立てるエモートと共に「キモっ」とでも言いたげな視線を投げてくる少女。

杞憂だったか。いつも通りの様子のヒメリンを見て、オレは心の中でそう零す。

そして、地面に向けて親指を突き立てるエモートを返してやった。

言い争いの後にこのエモートのやり取りを行うという流れは、この二週間でオレたち二人のルーティンと化していた。控えめに言って終わってる。

カイの方から「ツンデレはお互い様だろ」と聞こえた気がしたが、これは無視だ。

「と、お喋りはこのくらいにして」

真剣な空気を纏い直すカイを見て、オレとヒメリンはコクリと頷く。

「作戦通りに頼むよ。じゃあ——またあとで」

そしてオレたちは、三人とも別々の方角に向かって走り出した。

＝＝＝

「わわ！　始まっちゃってますかー？」

ウォーゲーム・ハイスクールの心臓部。システム管理室。

ドタドタと慌ただしい音を立てながらその場所へと入り込んでくるワタシを見て、巨大モニターを見上げていた試験監督の女性——御門先生は薄く笑った。

「ああ、既に前半戦開始から一時間は経っているよ」

「もうそんなに！　うう、お仕事のやり残しがあったせいでー！」

「フフフ、国民的インターネット・ヒロインは大変だね」

ワタシ——小指結は脱いだ上着を綺麗にたたみながら、現在行われている〈特別招待生選抜試験〉二次試験の内容を頭の中で軽くおさらいする。

——〈リアルタイム視聴者数ランキング〉で上位五チーム以内に入ること。

それが、まさにいま行われているウォーゲームの前半戦を突破するための条件。

六〇人の受験生たちにより〈視聴者〉というパイの争奪戦が行われるというわけだ。

そして重要となるのが、一次試験の際は〈隠しルール〉とされていたその合格条件が、今回の試験では初めから受験生に向けて開示されているという点。それはつまり、受験生全員が「逃げ回っているだけでは次の試験に駒を進めることができない」ということを理解した上で、今回の試験に臨んでいるということ。

おそらく、この二週間という準備期間で「視聴者の注目を集めるための作戦」をみっちりと練ってきた六〇人の受験生たちは、あの手この手を使って〈リアルタイム視聴者数ランキング〉の上位に食い込もうとしてくるハズだ。

——普通の方法では、ほぼ確実に前半戦を突破することはできない。

さて、そんな条件下で、センパイは順調に事を進めることができているのでしょうか。

脳内の情報を整理し終えたワタシは、巨大モニターの前へと歩み寄る。

「見てごらん。やっぱり面白いことをやっているよ、彼ら」

そして御門先生に促されるまま、画面上に映し出されているある情報を視界に捉え——

「…………へっ？」

ワタシは驚愕で目を見開いた。

──《チーム９：〈シロト〉〈カイ〉〈ヒメリ〉》

──《キルポイントランキング：20位》

──《合計キルポイント：０ポイント》


「キルポイント、ゼロ？」

一時間も経過した、いまの時点で？

「これってマズいんじゃ……？」

「さて、どうだろうね？」

クックツと笑いを堪(こら)えながら、ワタシの反応を見る御門先生。

「ま、見てなよ。おそらく──面白くなるのはここからだ」

＝＝＝

前半試験開始から一時間強。

オレはというと──ひたすらモンスターから逃げ続けていた。

「だああああああくんなああああああああああああああああああああああああ！」

スピード特化の【２ｎｄ】スーツを着用しているというのに、身体(からだ)の動きが鈍い。

それもそのはず。オレの強化スーツの【覚醒値】は、未(いま)だ【０】％なのだから。

だが——

「これで良いんだよな……ッ」

オレは全力で森を駆けながら、数日前にカイが口にしていた作戦の内容を思い起こす。

『どんなに輝かしい才能を秘めた原石でも、見つけてもらえなければ無名のままだ』

『配信者として活動する中で、僕は耳にタコができるくらいそんな言葉を聞いてきた』

『だから僕たちはまず「見つけてもらう」必要がある。どんな方法を使ってもね』

『以上を踏まえた上で、僕が一番にするべきだと思っていること』

『それは——悪目立ちだ』

『良い方ではなく、あえて悪い方にとび抜けるんだ。悪名は無名に勝るってやつだね』

『それで具体的になにをやってもらいたいかというと——「なにもやらない」をやってもらいたい。そうだな、できれば試験の中盤くらいまで』

『序盤、僕たちは「いつまで経ってもモンスターの一匹も倒せないチーム」として〈キルポイントランキング〉の最底辺に留まり続けるんだ。そうすれば勝手に注目は集まっていく。そして中盤から終盤にかけて、一気に〈キルポイントランキング〉を駆け上がる。ある程度の注目を集めている状態からね』

『少し話は変わるけど、ゲーム配信を観てる人たちって、なにを考えていると思う?』

『だっておかしいじゃないか。ゲームって「遊ぶ」ことを目的として作られているものなのに、ゲーム配信の視聴者ってそうじゃないんだよ。まったくの他人がプレイしているゲームをただ見ているだけ。そんな意味の分からないことを好んでやる不思議な人種』

『楽しむためにゲームをやっている僕たちゲーマーからすると、彼らは変態だ』

『さて、じゃあ彼らはどうして配信というものに惹（ひ）きつけられてしまうのか』

『いったい僕たち配信者に彼女らは何を期待しているのか』

『答えはね――〈劇的（エモ）〉だよ』

『ゲーム配信の視聴者というのはね、〈劇的〉を餌として生きている存在なんだよ』

『譬（たと）えるなら、娯楽作品を鑑賞する感覚に近いかな』

『彼らは僕たちストリーマーが紡ぐノンフィクションの物語が見たいんだ。ドラマを観るように、映画を観るように、マンガを読むように、小説を読むように……その中で偶発的に発生する〈劇的（エモ）〉ってやつを、視聴者は期待してる』

『そして、ソレの代名詞ともいえる展開が――〈逆転〉だ』

『圧倒的に不利な状況や抑圧された状態から、最後に大逆転の勝利を収める。そんなストーリーを見ることで、視聴者はこの上ないカタルシスを味わうことができる』

『つまり、先ほど言った「序盤から中盤にかけて、なにもしないをする」というのは〈逆転〉の状況を生み出すための下地作りをするということなんだ』

『さあ、これで理解してくれたかい？　僕が考えた作戦の概要を』

『理解してくれたのなら、これから更に詳しい説明に移るよ――』

アイツが……カイが敵じゃなくて本当に良かった。

配信者の顔つきで作戦を語るカイの姿を想起しながら、オレは改めてそう思った。

断言できる。受験生の中で彼以上にこの前半戦に適応できている者は存在しないと。

「オレも、ちゃんと働かねえとな……！」

自分に言い聞かせるようにして口にし、オレは自分に与えられた役割を思い出す。

『序盤から中盤にかけては「なにもしない」をしてほしいって言ったけど、終盤に向けての布石を打つ作業は最低限しておいてほしいかな』

『具体的には、三つ』

『布石その一。コスパの良いモンスターの巣の発見』

『序盤から中盤にかけては、できれば一ポイントたりともキルポイントは取りたくない』

『○ポイントとそれ以外とでは、視聴者に与えるインパクトの大きさが全然違うからね』

『だけどそうなると、中盤までは【覚醒値】を全く上げられないということになる。だから僕たちは、中盤から【覚醒値】を一気に上げるための準備をしておく必要があるんだ』

『その準備というのが「コスパの良いモンスターの巣の発見」ってことだね』

『数が多い、強くない、獲得経験値が多い……この三つが揃って いるモンスターが見つかったら最高かな。とりあえず、あとでコスパ最強モンスターをリストアップして渡すね』

布石その一……コスパの良いモンスターの巣の発見。

これは割と順調に進められている。

なんと先ほど、カイ調べのコスパ最強モンスターランキングでもSランクに位置づけされている《クローバー・ラビット》の巣を発見することができたのだ。

悪いけど、あとで強化スーツの養分になってくれな。

キュートな見た目の兎型モンスターを見ながら、オレは心の中でそう呟いた。

『布石その二。アイテム集め』

『これは言わずもがなかな。終盤以降に必要となるアイテムを各自探しておくように』

『最優先で欲しいのは回復系のアイテムだね。これはいくつあっても問題ないから』

布石その二……アイテム集め。

これに関しては、まあ、フツーだった。

強化スーツ修復キットは……効力〈大〉のものが二つ、効力〈中〉のものが四つ、効力〈小〉のものが六つ、といった感じ。

そしてこのフィールドで必須とされている解毒キットは五つ。

……うん、フツーだ。

『そして布石その三。できるだけ多くの〈ゲート〉の発見』

『正直、これが三つの中で一番重要かな』

『最下位だったチームが強大な敵に挑む。そんな〈逆転〉の兆しを孕んだ展開を生み出すために、強大な敵というのは欠かせない存在だ。そのために、最低でも三つは〈ゲート〉の場所を把握しておきたいかな』

布石その三……できるだけ多くの〈ゲート〉の発見。

――〈ゲート〉

それは一つのフィールドに五～一〇ほど点在しているという異空間への入口のこと。

そのドアを潜ると――

50％の確率で小ボス――【★★★】相当のモンスターが待機する部屋へ、

30％の確率で中ボス――【★★★★】相当のモンスターが待機する部屋へ、

20％の確率で大ボス――【★★★★★】相当のモンスターが待機する部屋へと転送されることになっているという。ちなみに、どのレベルのボスが〈ゲート〉の奥にいるのかは、実際に入口を潜ってみなければ分からない。

そして……これに関しては成果ゼロ。以上だ。

『総括、中盤までは各自バラバラで、いま言った三つの目標を達成するために動くこと』

『一応優先順位をつけておくとするなら――最上位が〈ゲート〉の発見、次にアイテム集め、そして一番下がコスパの良いモンスターの巣の発見、といった感じかな』

すみません。一番優先順位が高いタスクを実行できなくてすみません。

……優秀なチームメンバー二人がなんとかしてくれていることを願おう。

オレはウィンドウを開き、前半戦の残り時間を確認する。

「あと一時間四〇分」

オレたちは〈残り一時間三〇分になったら最初の場所に集合する〉としている。

つまりあと一〇分。そろそろ向かった方がいいな。

ウィンドウを閉じて歩き出す。そして視界に映っているチャット欄へと目を向けた。

〈意味フメー〉

〈なにしてんだよこの異端チームは〉

〈おーい、いつまでゼロポイントでいる気だー？〉

〈もう他チームとのポイント差めっちゃ開いてるけど〉

野次馬たちによって混沌と化しているチャット欄を見て、オレは笑みを漏らす。

「まーまー、期待して見とけって。オレらには秘策があんだから……！」

と……あえて大口を叩いてみせることで、視聴者たちの好奇心を煽る。

逆転の展開を匂わせることで、コイツらに「このチーム、なにか凄いことをやろうとしてるんじゃないか？」と思わせる。

――《　シロト：２０３０人　》

２０３０人。それが、いまオレの配信を観ている視聴者の数。

カイが思い描いていた通り、本当にジワジワとその数は増えていっている。

よしよし。この調子でもっと増えていけ。

2

試験開始から一時間三〇分が経過。

オレたち三人は待ち合わせ場所へと集合し、お互いの成果を出し合う。

「じゃあまず一番大事なことの確認から。二人とも〈ゲート〉は見つけられたかい？」

ギクリと、そんな音を聞きながら、オレは視線をヒメリンへとスライドさせる。

「見つけたわ。二つ」

ドヤという効果音が聞こえてきそうなほどの表情で言う少女。

「やるね。僕は一つだ」

少し悔しそうな表情で、カイもその充分すぎる成果を報告する。

そして……二人の視線がオレの顔へと注がれる。

「…………ゼロです」

「使えないわねえ、アンタ！」

途端にイキイキとしだすヒメリン。

いつもであれば言い返しているところだが、いまばかりはなにも言えない。

事実、オレは最重要といわれていたタスクをまったく達成できなかったのだから。

「ざーこ、ざこざこざこざこ、ばーか」

この語彙力ゼロのクソガキがァ……見てやがれ、いつか倍返ししてやる。

数分後。三人の成果をまとめたカイが、今後のチーム方針を決定する。

「じゃあこれからだけど」
一、クローバー・ラビットの群れ狩り。
二、カイが見つけた〈ゲート〉の攻略。
三、ヒメリンが見つけた〈ゲート〉の攻略
「こんな感じの優先順位で進めていくってことで」

こちらの確認を取るようにして告げてくるカイに、オレたちは頷きを返す。

そしてクローバー・ラビットの巣に向けて出発した。

「があああああああああああああああああああああああああ！」

――《《　クリティカル・ヒット　》》

戦闘解禁。次々と襲いかかってくるモンスターに拳をぶち込んでいく。

危険度【★★】レベルのモンスターは、すでにオレの敵ではなかった。落ち着いて照準を定めて《《クリティカル・ヒット》》を出せれば、大体のモンスターは一瞬で灰になる。

「二人とも、ドロップしたスキルコインを拾い忘れないようにね！」

「おう！」「分かってる！」

オレたちは進路上に割り込んでくるモンスターたちをなぎ倒しながら進む。

そして一〇分ほどで、オレが見つけたクローバー・ラビットの巣へと到着する。

ウサギ狩り開始。討ち漏らしがないよう、一匹一匹丁寧にスーツの養分にしていく。

一瞬だけヒメリンが《クローバー・ラビット》の可愛さに屈しかけていたが、なんとか割り切ることができたようだ。分かるぞ。ペットとして普通に飼いたいもんな。

ちなみに配信のコメント欄は阿鼻叫喚だった。クローバー・ラビットが人気すぎて。

「シロト、何匹かそっちに行ったよ！」

「オーライ！」

チャージエネルギーの尾を引く両拳を振るい、方向転換。

こちらに向かって駆けてくるクローバー・ラビットを視界に捉え、オレは飛び出す。

「があああああああああああああああああああああああああああああ！」

「……」

「らあああああああああああああああああああああああああああああ！」

「ねえ！　さっきからうるさいんだけど！」

と——近くのウサギをレイピアで貫いたヒメリンが、物凄い剣幕で怒鳴りつけてくる。

「さっきから攻撃の度に叫ぶソレなによ！　正直、気が散る！」

「あ？　これには意味があんだよ！」

ズビシとヒメリンを指差し、オレは告げる。

――シャウト効果。そう呼ばれるものがある。

それは、身体を動かす際に声を出すことで瞬間的に筋力が上昇する現象のことである。

例えば、プロのテニスプレイヤーがラケットを振る度に発する「フン！」といった声。

もっと身近なところにある例を挙げるとするなら、おじいちゃんやおばあちゃんが立ち上がる時に発する「よっこいしょ」といった掛け声などもそれに該当するだろう。

「昨日観た動画で、プロが『シャウトはＶＲゲームでも効果的』って言ってたんだよ」

「だから、試験当日になっていきなり試してる、って？」

「そう」

「バカじゃないの？」

蔑むような視線を向けてくるヒメリン。

「でも、実際に脳のリミッターが瞬間的に外れる感覚はあるぞ？」

「思い込みよ、そんなの」

「いやいや、じゃあお前もやってみろって」

「は？」

「全身に力が入るだけじゃなくてさ、心も奮い立つ感じがしてクセになるから」

「死んでもやらないわよ、そんなケダモノみたいな行為！」

「えー……」

そんなやり取りをしながら、オレたちは森の奥深くへと踏み込んでいく。

そして、約二〇分後。

残り時間が一時間を切ると同時に、カイが発見した一つ目の〈ゲート〉へと到着。

軽く準備を整えてから、その門を潜る。

しかし結果からいうと、そこは【★★★】の小ボスが待機する部屋だった。

言い換えるならハズレ部屋。これではカイの言う〈劇的〉を生み出すには弱すぎる。

「残念、さっさと片付けて次にいこう」

――《　★★★モンスター：バタフライ・ビー　》

蝶と蜂を足して二で割り、それを更に巨大化させたようなモンスター。

〈吸い込んだプレイヤーを毒状態にする〉という効果を持つ鱗粉が少々厄介ではあったが、
オレたちは特に苦戦を強いられることもなくソイツを討伐した。

「お、これは」

僅かに声を弾ませながら、カイが灰の中からスキルコインを拾い上げる。

それは、５％というごく僅かな確率でしかドロップしないレアコイン。

そう……《固有スキル》を宿したスキルコインだった。

――《　★★スキル：毒鱗粉　》

――《　発動型（アクティブ）アビリティ：吸い込んだ相手を毒状態にする鱗粉を振り撒（ま）く　》

――《　受動型（パッシブ）アビリティ：――　》

話し合いの結果、とりあえずソレはヒメリンが持つこととなった。

良いスキルはスキル特化の【７ｔｈ】スーツ装着者が持つというのが定石だからだ。

そして――

小ボス部屋の奥深く。そこには……銅色に輝く〈トレジャーボックス〉があった。

――〈トレジャーボックス〉

それは、特別なアイテムや強力な武器などが収められている宝箱のこと。

そのレアリティを表す色は、上から金、銀、銅、白、黒というようになっている。

つまり目の前にあるトレジャーボックスは上から三番目……そこそこの武器かアイテムが入っているということ。

開けるわよ、という合図と共に、発見者であるヒメリンが宝箱の蓋を持ち上げる。

恐る恐る中身を確認してみると、その中にあったのは――一枚の盾だった。

――《　★★★アイテム：シールド　》

――《　付与スキル：巨大化　》

それは《巨大化》という《固有スキル》が付与されたことでレアリティが二段階も向上している、片手持ち用のシールドだった。ちなみに色は金色。めっちゃ高く売れそう。

検証してみたところ、巨大化の限界は直径一〇メートルであることが判明。

「これは前衛の僕が持つね。うーん、このスキルの使いどころ、難しいなあ」

少し困ったような表情でシールドを装備するカイ。

聖騎士。金色のシールドを持つ金髪少年の姿を見て、そんな言葉が脳裏に浮かぶ。

ゲームのキャラクターでコイツが出てきても不思議じゃないくらい様になってやがる。

「じゃあ次いくわよ」

ヒメリンの案内に従い移動すること、一〇分弱。

二か所目の〈ゲート〉は、見上げるほどの大きさを誇る滝の裏側にあった。

「なんか……ここは雰囲気があるな」

「そうだね。ストリーマーの勘がビンビン反応してるよ。ここはきっとアタリだ」

どっしりと鎮座している巨大な〈ゲート〉を見据え、オレたちは息を呑む。

「……じゃあ、早速行くか？」

「いや、その前に【覚醒値】の共有をしておこう」

「っと、そうだな」

――《シロト：【2nd】スーツ：【覚醒値：52％】》

――《　ヒメリ：【7th】スーツ：【覚醒値：60％】　》

――《　カイ　：【6th】スーツ：【覚醒値：56％】　》

「うん、充分。この数値なら中ボスレベルが来てもなんなく倒せると思うよ」

「大ボスレベルが来たら？」

「僕たちの頑張り次第では、って感じだね。頼むよ、ウチのエース」

エース。カイがオレをそう呼んだ瞬間、ヒメリン周りの温度が僅かに上がる。

コイツ、あの負けず嫌いに火を点けるためにワザと「エース」なんて呼んだな。

この策士め。オレが視線でそう訴えると、カイはウインクをしてから手を叩いた。

「よし、じゃあここらで〈リスポーン地点〉を設定しておこうか」

――リスポーン。

それは前半戦のみでしか使えない機能。いわゆる復活機能のことだ。

つまり〈リスポーン地点〉とは復活する場所のこと。もしここをリスポーン地点に設定してデスすると、一〇分間のタイムロス後はここに復活することとなる。

リスポーン地点を設定できるのは、一ゲームに一度だけ。

だから、それをどこで使うかは慎重に考えて判断しなければならないのだが。

……うん、確かにここが頃合いか。

オレたちはここをリスポーン地点として設定し、目の前の〈ゲート〉へと向き直る。

「ふーっ」

チラリと視線を横に向ける。

するとそこには、胸に手をあてて深呼吸をしているヒメリンの姿。

丁寧に手入れされていることが窺えるそのスラリとした指先は……確かに震えていた。

「緊張してんのかよ」

「悪い？」

「誰もそうは言ってねーだろ。アホ」

ギロとこちらを睨みつけてくるヒメリンにそう返す。

「ま、試合前も似たよーなこと言った気がするけど、あんま一人で気負うなって」

「……」

「このチームはお前一人じゃねーぞ。オレも、カイもいる」

「……分かってるわよ」

そう言い残すと、少女はツンとした態度で〈ゲート〉の方へと去って行った。

励まそうとしてみたのだが、あまり効果はなかったか？

「……柄にもねーことはするもんじゃねーな」

オレはため息を吐き、頭を掻く。

しかし、落ち込むのもここまで。パンパンと両頬を叩いて気合を入れ直す。

そして視界端に映る〈リアルタイム視聴者数ランキング〉へと視線を向けた。

――《　チーム9　》

――《　合計視聴者数：7098人　》

――《　リアルタイム視聴者数ランキング：11位　》

よし、見てやがれ。ここから先の〈劇的〉を。

カイの「行こう」という合図とともにオレたちは〈ゲート〉を潜る。

一瞬の浮遊感。上下左右の感覚がバグりそうになる不思議な空間を抜けた先。そこに広がっていたのは……闇。どこまでも続く闇だった。

「おーい、お前らいるかー？」

「いるよ。でもこれは……もしかして暗視系のスキルが必要になるのかな」

「……いや、よく見なさい。周りに――」

ヒメリンがなにかを口にしようとした直後。

ボボボという音が鳴り響き、闇の中にいくつもの灯りが浮かび上がる。

その灯りの正体はロウソクの火。その数は一〇〇……いや一〇〇〇以上。

「ここは……」

数秒後。輪郭がハッキリするまでになったボス部屋の内側を見て、オレは喉を鳴らす。

そこは、巨大な城の王の間を再現したような空間だった。

敷き詰められている赤の絨毯。大理石でできた染み一つない壁。

広間の奥に据え付けられた玉座と……そこに鎮座している小柄な人影。

そして――

「ようこそおいでくださいました」

オレはその声を聞いて、その声の主の顔を見て……思いきり目を見開いた。

どういうことだ？　意味が分からない。

なぜ、どうして、お前がそんなところにいるんだよ――小指。

「セ、ン、パ、イ」

＝＝＝

「ふふ、驚いてますねー」

センパイがもう一人の自分と対峙している。

ワタシ――小指結は、モニター上に映るそんな光景を見てクスリと笑う。

サプライズです、センパイ。

「その子は少し、手強いですよ」

＝＝＝

身に纏っている深紅のドレスを翻し、小指は玉座から腰を離す。

そして、流麗と表現するに相応しい所作でお辞儀をすると——

「初めまして。ワタシはユイと申します」

自らを、そう名乗った。

「ユイ？　……小指、結とは、別人なのか？」

「んー、その質問に対しては〈はい〉とも〈いいえ〉とも答えられますかね」

なんとも曖昧な返答に、オレは頭上に「？」を浮かべる。

すると少女はクスリと笑い、すらりとした人差し指をピンと立てた。

「ワタシは小指結の人格をコピーして造られた、人工知能搭載人型モンスターなのです」

「小指の人格を、コピー？」

「はい。つまりはニセモノの小指結ということになりますね」

「……それは、倫理的にどーなんだ？」

「〈面白ければなんでもよし！〉がウォーゲーム・ハイスクールの方針ですから」

……確かに、お前が出てきた途端にチャット欄が爆速で動き始めたけども。

「つか、本物の小指はお前のこと知ってんのか？」

「ユイです」

「あ？」

「お前、ではなくユイです」

「あー……ユイ」

　そう呼ぶと、少女は花のような笑顔を咲かせながら「はい！」と頷いた。

「ワタシと結ちゃんはとっても仲良しですよ。昨日も夜遅くまでお話していました」

「昨日？　夜遅く？」

「ワタシのおうちって、結ちゃんのスマートデバイスの中なんですよ」

「……いつからソコに住んでんだ？」

「三〇四日前ですね」

　ヤベー、頭痛くなってきた。

　てことはなんだ。三か月前……小指がオレの前に現れた時からずっと、コイツはスマートデバイスの中からオレを見ていたってことになるのか？　そうなるよな？

「あっ、そうだ！　折角だから、結ちゃんとは別の呼び方をしてもいいですか？」

　混乱するオレのことなどお構いなしといった様子でそう問いかけてくるユイ。

　ため息を吐きながら「好きにしてくれ」と返す。

　すると彼女はパッと表情を輝かせ――

「じゃあ、しぃ君で！」

身を乗り出しながらそう口にした。

「……まあ、いいケド」

「あれ、いま、頬が緩みそうになるの我慢しましたね？」

「は？　してないが？」

クソ、調子狂わされる。マジで口調も、仕草も、態度もまんま小指じゃねえか……！

「二人で楽しく話しているとこ悪いんだけど、そろそろ僕たちも混ぜてもらえないかな」

メイン武器であるソードを引き抜きながら、カイがそう言い放つ。

そしてその隣には、不機嫌そうに顔を歪めているヒメリンの姿。

そんな二人の姿を視界に映し、ユイは慌てて「す、すみません」と頭を下げる。

「初めてしぃ君とお喋りできたことで、舞い上がってしまっていました。……カイさんとヒメリさんですね。お二人の目覚ましい活躍も、しかと見させていただきましたよ」

「へえ、それは光栄だな」

「はい。ですが――ハッキリ言ってワタシ、お二人にはちっとも興味がありません」

ユイがそう言い放った瞬間、二人の身体から殺気のようなものが漏れ出した。

笑みを浮かべながらもこめかみに青筋を浮かび上がらせるカイ。

そして、犬歯を剥き出しにしてユイを睨みつけるヒメリン。

……ユイのヤツ、わざとコイツらのこと煽ってねーか？

「予言します。お二人はワタシの元に辿り着くことすらできないでしょう」

直後——ユイとオレたちの間にある地面から、高級そうな装備を身に着けた骸骨兵たちが次々と這い上がってくる。ソイツらは正直言って、先ほどまでオレたちが戦っていたモンスターとは比べ物にならないレベルの威圧感を纏っていた。

——《　★★★★モンスター：〈英雄級〉スケルトン　》

その数……一〇、二〇、三〇、四〇……五〇以上。

眩暈がしそうになるような光景を視界に映しながら、オレは渇いた笑いを漏らす。

「この部屋は、大きく二つのエリアに分けられています」

ユイがそう口にすると同時に、スケルトンたちの頭上に巨大なモニターが出現する。

そこには、この部屋を真上から見た映像が映し出されていた。

「この部屋の丁度真ん中に一本の〈線〉が引かれているのが見えますか？　その線を境界線として、しぃ君たち側が前半エリア、ワタシ側が後半エリアとなっています」

ユイの説明を耳にしながら、オレはバスケットコートをイメージしていた。

——〈線〉というのがハーフライン。

——【前半エリア】というのが自陣側。

——【後半エリア】というのが敵陣側。

といった感じだ。バスケットコートと比較にならんくらい、こっちの方が広いけど。

「ワタシは〈線〉を越えて【前半エリア】には行けませんし、スケルトン兵たちも〈線〉を越えて【後半エリア】には来れないようになっています。つまりワタシと直接戦うためには、スケルトン兵たちの壁を乗り越えて〈線〉を跨ぐ必要があるというワケです」

少女は小悪魔的な笑みを浮かべ、オレたちを見据える。

「はいっ、説明はこれで以上になります」

パン、と両手を合わせ、ユイは口角を吊り上げる。

「それでは皆さん！　ワタシの討伐を目指して、ファイトです！」

──《★★★★★モンスター：ユイ》

彼女の頭上にポップアップする絶望的な文字。

それとほぼ同時に、カタカタと音を立ててスケルトンの群れが動き出す。

そして──天井から下りてきた深紅のカーテンが【前半エリア】と【後半エリア】を完全に分断した。一瞬にしてユイの姿が見えなくなり、オレは奥歯を噛み締める。

「く、ッそァ！」

こちらに殺到する骸骨兵の波。

それに押し流されるような形で、オレたち三人は引き剥がされてしまう。

オレはバックステップで骸骨兵から逃れつつ、現在のバトルスタイル構成を確認する。

メインウェポン：〈グローブ〉
強化スーツ　：【2nd】スーツ（速度強化）
スキル　　　：《★★スキル：〈キロ〉ファイアバレット》
　　　　　　：《★★スキル：〈キロ〉サンダーバレット》
　　　　　　：《★★スキル：スカイステップ》

瞬発力が一時的に向上した思考で、ここからオレがとるべき行動を弾き出す。

コンマ数秒後。脳内で渋滞していた情報をまとめたオレは、骸骨兵たちに向き直る。

そして、右手を「ピストル」を模した形に変え――人差し指を前方へと突き出した。

――《★★スキル：〈キロ〉ファイアバレット》

炎の弾丸、二〇連射。

人差し指から発射された炎弾が、火の粉の尾を引きながら骸骨兵へと飛んでいく。

これだけ近ければ、からっきし射撃ができないオレでも当てられるだろう。

そう考えての一手だったが……流石は危険度【★★★】のモンスターといったところか。放った炎弾の殆どを完全に避けられてしまう。だが――それでいい。当たりはしなかったが、次の一手を打つために必要だった〈隙〉と〈スペース〉ができた。

――《★★スキル：スカイステップ》

それは、五歩分だけ宙を踏んで移動することが可能となるスキル。

これを入手したのは四〇分ほど前のこと。逃げることに特化したモンスター《クローバー・ラビット》が落とした《固有スキル》で、オレは宙へと跳び上がった。

一歩。オレはスケルトンの波から真上へと抜け出す。

二歩。更に上へと跳び上がり、空中から周囲の状況へと目を向ける。

三歩。宙に留まり、眼下に広がるスケルトンの海からカイとヒメリンを探し出す。

四歩。手助けは必要ないと視線で訴えてくる二人を見て、全力で空気を蹴る。

五歩。深紅のカーテンの奥で待っているであろうユイに向かって、一直線に飛び出す。

そして――

――《★★★スキル：〈ギガ〉ファイアバレット》

真下からこちらを急襲してきた炎の弾幕に、行く手を阻まれる。

弾丸の出どころに目を向けると、こちらに指を向けて立つスケルトンの姿。

行かせるか。その眼窩の奥に灯る蒼い炎には、そんな意思が宿っているように見える。

「ああ、そうかよ、なら――まずはテメーらと遊んでやらァ！」

現在進行形で落下しているオレの真下に殺到するスケルトンの群れ。

その中の一体に照準を定め、オレは拳を握った。

――《　チャージカウント開始　》
――《　１　》――《　２　》――《　３　》
迫る地面。真上に向けてソードの切っ先を突き上げる骸骨兵士たち。
三秒分のエネルギー。
心臓の鼓動に合わせて脈動するその光を、拳に乗せて骸骨の脳天に叩きつける。
――《《　クリティカル・ヒット　》》
火花のようなエフェクトが弾け、数体のスケルトンたちが一瞬で灰と化した。
そして乱打。波のように襲い掛かってくる骸骨の群れに、拳をぶち込んでいく。
確実に、それでいて丁寧に《《クリティカル・ヒット》》を抉り込んでいく。
チャージをする余裕は辛うじてある。
大丈夫。焦って動きが乱雑にならなければ、クリティカルは確実に決められる。
重要なのは回避だ。ひたすら避けて、避けて、常に充分なチャージ時間を確保しろ。
まともに〈量〉を相手にしようとするな。
一対多で戦うのではなく、一対一を繰り返すことを常に意識するんだ。
「――があああああああああああああああああああああああ！」
シャウト効果。雄叫びで脳のリミッターを外し、スケルトンの群れの中を直進する。
クリティカル、クリティカル、クリティカル、クリティカル、クリティカル。

ソイツを成功させるごとに、自分の動きが洗練されていくのを感じる。

脳みそ中に張り巡らされた毛細血管へと血が行き届き、思考がクリアになっていく。

――《　クリティカル・ヒット　》

深紅のカーテンまで、あと一〇メートル。

オレは鼻先が地面に触れてしまいそうになるくらい前傾し、加速する。

――《　クリティカル・ヒット　》

想起するのは四足で駆ける獣。

剥き出しの犬歯をヨダレで濡らしながら、骸骨兵の隙間を縫うようにして駆ける。

――《　クリティカル・ヒット　》

そして闘牛士に突進する猛牛さながらの動きで、深紅のカーテンを突き破った。

「――はァ！　はァ！　……は」

ガリィという靴音を奏でて急停止したオレは、深呼吸で沸騰した脳みそを冷却する。

数秒後。ゆっくりと顔を上げれば、そこには僅かに頬を紅潮させながらこちらを見るユイの姿があった。その視線を真正面から受け止め、「よう」と顎を持ち上げる。

「いらっしゃいです。正直、こんなに早く突破してくるとは思っていませんでしたよ」

ユイと向き合いながら、チラリと周囲に視線を向ける。

……二人はまだ来てないか。

「センパイは、まだあの二人がここまで辿り着けると思っているんですね」

「たりめーだ」

「では、一緒に見てみますか」

パチン。少女が指を鳴らすと同時に、二枚の巨大モニターが出現する。

片方にはカイ、もう片方にはヒメリンの姿が映し出されている。

英雄級スケルトンと一進一退の攻防を繰り広げる二人。

現在進行形で彼らが戦闘を繰り広げているであろうカーテンの向こう側へと思いを馳せながら、画面上の映像に集中する。そして、しばらくして……あることに気がつく。

「……なあ、二人が戦ってる骸骨兵、オレが相手してたのより強いように見えるんだが」

「ふふ、気づきましたか」

……まさかコイツ。

「オレと戦う骸骨兵だけ弱く設定してたのか？」

「まさか。この部屋に出現するスケルトンの強さは、全て同じにしてありますよ」

「じゃあなんで……」

眉根を寄せ、ユイの表情へと視線を向ける。

「ふふ、実はですね——スケルトン兵たちは、現在進行形で強くなっているんですよ」

対する少女は、とっておきの玩具を自慢する子供のような表情でそう告げてきた。

「彼らにはですね、相手の動きをコピーする、という機能が備わっているんですよ」

「……コピー」

なるほど。二人が戦いづらそうにしている理由はそれか。

「では、どうしてしぃ君だけがアッサリとここに辿(たど)り着くことができたのでしょうか」

「それは……オレの戦い方が真似(まね)しようと思ってできるものじゃないから、とかか？」

「大正解です。あんな《クリティカル・ヒット》を軸に置いためちゃくちゃな戦い方なんて、最新鋭の人工知能を積んだワタシにだって真似できませんよ。意味不明です」

呆(あき)れ半分、好奇心半分といった表情を浮かべながら、こちらを指差してくるユイ。

「だから最初に言ったんです、ここまで辿り着けるのはしぃ君だけだって」

「……」

「と、そんな話をしていたら――終わりそうですよ、一人」

＝＝＝

「く……っ！」

また一段階、スケルトンの動きに磨きがかかる。

私――ヒメリは、数秒前とは比較にならないほどの鋭さを誇っているスケルトンの攻撃をギリギリで受け流しながら、強く奥歯を噛み締めた。
反撃の糸口が見えないまま、スーツの【耐久値】だけがじわじわと減り続けている。
そして、それに反比例するようにして高まり続ける、骸骨兵たちの技量。
気持ち悪い。まるで自分自身と剣を交わしているみたいだ。
丁寧で、適切で、それでいて……なんの面白みもない剣筋。
どんなに強く、どんなに賢いモンスターを相手にするより戦いづらい。そう感じた。
――《★スキル：ポイズン・スピア》
進路上で二体の骸骨兵が重なり合った瞬間。
アバラ骨で覆われた心臓部に狙いを定め、毒の瘴気を纏ったレイピアを突き出した。
秒間七発。一息で放つ神速の刺突。
完璧。急所を貫かれたスケルトンたちが、ザアッと灰となって消える。
直後、視界端でドロップしたスキルコインがキラリと光る。
しかし、それを回収している余裕はない。足を止めるな。進むのだ、前に。
『ま、試合前も似たよーなこと言った気がするけど、あんま一人で気負うなって』
――不意に。ボス部屋に突入する前に、シロトからかけられた言葉が脳裏をよぎる。
『このチームはお前一人じゃねーぞ。オレも、カイもいる』
うるさい。分かってるわよ。

このチームは私だけじゃない。私ひとりじゃない。

そんなの、痛いくらい分かってる——だからこそ、不安なのよ。

「ぐ、ッ！」

ダメージエフェクトが滲むほど唇を強く噛み締め、前進する。

シロト……悔しいけど、コイツには途轍もない才能がある。

なによ、狙って《《クリティカル・ヒット》》を出せるって。意味分かんない。

そんなの——あの完璧超人《IS》にだって引けを取らない才能じゃないのよ。

いまはまだまだ粗削り。素人みたいなミスをすることも少なくない。

だけどアイツは、必ず将来このVReスポーツ界を背負って立つ存在になる。

そして、カイ……アイツも、私なんかとは比較にならないほどの才能を秘めた原石だ。

同年代のトップ配信者である〈カイ〉のゲーム配信は、私も勉強のために視聴していた。

その中で私が彼に抱いていたのは——ひたすら上手いゲーマー、という印象だった。

カイはとにかくゲームIQが高い。

初見のゲームでも、一時間もプレイすれば中級者以上の動きができるようになる。

ズバ抜けた適応能力。それがアイツの一番の武器。

が——配信者という立場のせいで、彼はその才能を曇らせてしまっていた。

流行り廃りが激しい世界に身を置く彼は、なにか一つのゲームを一流レベルまで極めることができずにいたのだ。それを実現できる才能を持っていながら。

半端者……それが、私が最終的に配信者〈カイ〉に下していた評価。

しかし、この二週間という期間を経て、私はその評価を改めた。

『これからは流行り廃り関係なく、心の中の「ワクワク」に従ってゲームをやっていきたいと思っているよ。そうすれば自ずと、視聴者はついてきてくれる。最近、あるゲーマーにそのことを教えてもらったんだ』

想起するのは、カイ本人が口にしていた言葉。

彼は己の殻を破ったのだ。

ゲーマーとして、ストリーマーとして、次の次元へと至ったのだ。

カイの言葉を聞き、憑き物が落ちたような表情を見て、そのことを理解した。

そして、そんなカイの覚醒を促した「あるゲーマー」というのが――シロトだ。

彼らは相乗的に成長を遂げている。

玉へと至らんとする二つの粗削りな原石が、ぶつかり合い、磨き合っている。

……遠くない未来、アイツらは《ＩＳ》に比肩するほどのゲーマーになる。絶対に。

私は、そんなヤツらの運命を背負っているのだ。

重い。重すぎる。

――一人じゃない、と。

シロトが口にしていた言葉が、呪いのように背中へとのしかかってくる。

一人じゃない。だから……私が失敗すれば、アイツらも道連れにすることになる。

「あああッ！」

そんなの御免だ。だから絶対に負けられない。絶対に勝たなければならない。

前へ、前へ、前へ。残り深紅のカーテンまでは二〇メートル弱。進め、進め、進め。

一刻も早く――

「ヒメリ！」

カイの切迫した声が耳朶を打つ。

それと――ドスという音を立てて足に矢が突き刺さったのは、ほぼ同時だった。

全身の皮膚が一気に粟立つ。

足を地面に縫い付けられた。動けない。敵が沢山。回避。迎撃。いや、まず矢を。

渋滞を起こす思考。次の行動が定まらない。

――《★スキル：ポイズン・スピア》

瞬間、視界端に映し出されたそのテキストに、喉がヒュッと鳴る。

口を半開きにしながら視線をスライドさせる。するとそこには、毒の瘴気を纏わせたレイピアを構えた態勢でカタカタと笑っているスケルトンの姿があった。

あ、死んだ。

「ッ、しっかり、しろッ！」

直後、私とスケルトンの間に一つの影が割り込んでくる。

そして毒煙を纏ったレイピアの切っ先が、彼――カイの胸を貫いた。

「ぁ」

自分でも驚くほど弱々しい声が唇から零れ出る。

ぼやける視界。その先で……カイの強化スーツの【耐久値】が【０】になった。

「くっ、そ」

最後にそんな言葉を残して消滅する少年の姿。

一〇分間のタイムロスというペナルティを課せられ、待機部屋へと飛ばされたのだ。

「ぁ、ぁぁ」

私のせいだ。私が隙を見せたせいで、カイはキルされた。

動かないと。働かないと。キルされたカイの分まで、私が戦わないと。

よろける足を叱咤して立ち上がる。そして迫りくるスケルトンの群れに抵抗する。

――ああ、無理だ。

カイが担っていた分のスケルトンまでもが加わってきて、もう手に負えない。

数十秒後。骸骨兵の波に押しつぶされ、私はあっけなく死んだ。

チームメンバーの死が覚醒の引き金になる、などという都合のいい展開もなく。

……目を覚ますと、そこは周囲が真っ白い壁で覆われている無機質な部屋だった。

「あー、どんまい」

背後から聞こえたそんな言葉に、私はビクリと肩を震わせる。

ゆっくりと振り返ると、そこにはカイが立っていた。

「この試験では、共有タイプの待機部屋が採用されているみたいだね」

辺りを見渡しながらカイが言う。

「お、モニターもある。これならシロトの状況を――」

「ごめん」

カイの言葉を、擦（かす）れた声で遮る。

「ごめんって、なにが？」

「せっかく身代わりになってもらったのに、なにもできずに死んで」

「ああ、それは仕方ないよ」

「……責めないの？」

「責めないよ。キミだけが悪いわけじゃないし」

カイのそんな言葉を最後にし、沈黙が訪れる。気まずい空気が流れる。

そしてふと、視界の端を流れるチャット欄に意識が向き――頭が真っ白になった。

〈あーあ、戦犯です〉

〈足引っ張んなよ〉

〈せっかくいい感じだったのに〉

次々と流れていく言葉は、すべて私に向けられたもの。

それら一つ一つが凶器へと形を変え、私が纏う虚栄という名の鎧を剥がしていく。

「……っ……っ……は……はっ……はあっ、はあっ」

荒くなっていく息。滲んでいく視界。

攻撃的なコメントばかりが浮き彫りになる。

それ以外のコメントは、靄がかかるようにして見えなくなっていく。

「……ごめん、なさい」

気づけば私は、そう零していた。

私のせいだ。私が、シロトたちの輝かしい未来を滅茶苦茶にした。

「ごめんなさい、ごめんなさい、ごめんなさい、ごめんなさい、ごめんなさい」

私はもう――立ち上がれない。

＝＝＝

「ヒメリ！」

ブルブルと震えながら謝罪の言葉を繰り返す少女。

そんなチームメンバーの姿を見て、僕――カイは心の中で舌打ちをした。

「コメントフィルター機能をONにしていないのか……？」

コメントフィルター機能。それは、悪意のあるコメントを自動的に弾く機能。

その機能がOFFになっているということは……もしかして学校側は、この二次試験で僕たち受験生のストレス耐性の高さも試しているということか？

「これは、マズいな」

自分たちを客観視し、小さくそう零す。

クールタイムが明けてすぐにボス部屋に戻るとしても、制限時間内に後半エリアまで辿り着けるかどうか分からない。加えて、ヒメリはもう戦えるような状態ではないときた。

僕はその場に腰を下ろし、モニターの電源を点ける。

するとそこにはボス部屋の様子が……シロトとユイの姿が映し出される。

『これでそちらの勝ち目は、ほとんどなくなりました』

『……』

『ですが――おめでとうございます。その代わりにしぃ君たちの後半戦進出は、ほぼ確定的なものになったみたいですよ』

――《　チーム９　》

――《　合計視聴者数：２１３５１人　》

――《　リアルタイム視聴者数ランキング：１位　》

ユイの手元に浮かび上がったウィンドウには、そんな情報が表示されていた。

隠しルールのことを知らない視聴者たちを置いてけぼりにしながら、少女は続ける。

『試合に負けて勝負に勝った、というやつですね』

「……はは」

どうやら僕たちは、賭けに勝つことには成功したらしい。

「結果的には……良かった、って言ってもいいよね」

自分自身に言い聞かせるようにそう呟く。

『――なに言ってんだ。試合にもまだ負けてねーだろうがよ』

直後、シロトが紡いだ台詞を耳にした僕は、脳みそが揺れるほどの勢いで顔を上げた。

思い切り見開いた目で、一切勝ちを諦めていない様子のシロトを見る。

「……すごいな、きみは」

こんな絶望的な状況でも、そんな顔ができるのか。

『あはは、流石のワタシも、その言葉は理解してあげられませんかね。ハッキリ言いますけど、いくらしぃ君でも一人でワタシに勝つなんてことは、絶対にできませんよ』
苦笑いを浮かべながらそう告げる少女。
対するシロトは、僅かに不機嫌そうな雰囲気を纏いながら——
『いや、なんでお前は、オレが一人で戦うことを前提に話進めてんだよ』
ハッキリとした口調で、そう言い放った。
『……しぃ君は、あの二人がここに辿り着くと信じている、と？』
『トーゼンだ』
イチタスイチという答えの分かりきった問題の解答を述べるように。
僅かな淀みすら感じさせない声で、シロトはそう言い切る。
『なんてったってアイツらは、このオレに負けず劣らずの〈負けず嫌い〉だからな』
「ッ」
確かな「信頼」を宿した表情で笑うシロトを見て、僕はガリッと奥歯を噛み締める。
消えかけていた胸の中の熾火が、再び燃え上がったのを感じた。
身体が燃えるように熱い。心臓が破れんばかりの勢いで躍動している。
足が……走り出したくてたまらないと叫んでいる。

『じゃあ、アイツらが来るまでの時間稼ぎに付き合ってくれや』
『ふふ、しぃ君がそこまで言うのなら、ちょっとだけ楽しみにしてみます』
そのやり取りを最後に、二人による熾烈な戦闘が始まる。
「あー、もう、くそ——やってくれたなシロト」
あんなこと言われたら、立ち上がらずにはいられないじゃないか。
立ち上がり、残りのクールタイムを確認する。あと……二分。
いますぐにでも走り出したい。
そんな衝動に駆られる僕の脳内で、先ほどのシロトの言葉が再生される。
——アイツらは、このオレに負けず劣らずの〈負けず嫌い〉だからな。
違う。違うんだよ、シロト。別に僕は負けず嫌いなんかじゃない。
負けず嫌いどころか、むしろその正反対の位置にいるようなドライな人間。
僕は自らのことをそう認識している。……いや、していた、と表現する方が適切か。
「きみのせいなんだよ」
きみが僕を負けず嫌いにしたんだ。
きみの感情が伝染して、僕も「負けたくない」と思うようになってしまったんだ。
——《３》——《２》——《１》
着々と進むカウントダウン。

「それじゃあ――先に行ってるよ」

そして、もう一人。

シロトの影響力を受けてしまったもう一人の負けず嫌いへとそう言い放つ。

――《０》

カウントダウン終了。

再び森に降り立った僕はあることを済ませ、目の前の〈ゲート〉へと飛び込んだ。

＝＝＝

「それじゃあ――先に行ってるよ」

そう言い残して姿を消す金髪の少年。

一人残された待機部屋の中で、私はモニターへと視線を注いだ。

そこには、たった一人で大ボスへと立ち向かっていくバカの姿が映し出されている。

「……なんなのよ」

なんなのよ。

なんなのよ、なんなのよ。

なんなのよ――胸の奥から溢れ出してくる、この狂おしいほどの熱さは。

「ほんと、バカじゃないの。意味分かんない」

と、無意識に口から漏れた言葉は、シロトに向けられたもの？

それとも……「もう立ち上がれない」と思うほどの目に遭ったクセに、いま、まんまとシロトの言葉に焚きつけられそうになっている自分に対して向けられたもの？

答えはおそらく――

「……ああ、もう！」

全部アイツのせいだ。

私はムカつきの原因である黒髪の少年を想起しながら、立ち上がる。

――《3》――《2》――《1》――《0》

無機質な空間から、緑生い茂る森へと切り替わる視界。

ドッドッと律動を刻む心臓を押さえつけながら、足を踏み出す。

「？」

チャリと。爪先になにかが当たった感覚を覚え、視線を落とす。

そして――大きく目を見開いた。

「スキル、コイン？」

キラリと太陽光を反射するコインが合計五枚。

そのすべてが《普通スキル》……射撃に特化したスキルを宿したもの。

「……アイツ」

数分前に先行した金髪の少年を思い浮かべ、私は小さく笑った。

――スランプを克服するなら、いまなんじゃない？

そんな彼の言葉が確かに聞こえた気がした。

煽り。いや、これは彼からの最大限のエールだ。燻っている私に向けての。

「やってやろうじゃないの」

これに応えられなければ、ゲーマーじゃない。

私は拾い上げたスキルコインから厳選した三枚をスキルスロットへとセットする。

直後、急加速する心臓の音。小刻みに震え出す指先。僅かに乱れる呼吸のリズム。

私は「大丈夫」と自分自身に言い聞かせながら、目の前の〈ゲート〉を潜る。

同時に――

『昨日観た動画で、プロが「シャウトはＶＲゲームでも効果的」って言ってたんだよ』

『お前もやってみろって』

『全身に力が入るだけじゃなくてさ、心も奮い立つ感じがしてクセになるから』

数十分前にシロトと交わした会話が、意味が分からないくらい鮮明に思い出される。

……はあ、もう。

「やれば良いんでしょ、やれば！」

そんなヤケクソの言葉を落とす私の唇は……笑みを形どっていた。
肺を二倍くらいにする気持ちで、大きく息を吸う。
そして——いままで生きてきた中で一番の大声を、深紅のカーテンに向けて放った。

＝＝＝

「——わっ、っはは！」
背後の通路の奥から確かに聞こえたその声に、オレは思わず笑みを浮かべる。
本能を剥き出しにした獣の咆哮。オレの耳にそれは、反撃の合図のように聞こえた。
来る。アイツらが来るぞ。気合入れて時間稼げよ、オレ……！
——《★★★★★スキル：〈テラ〉ファイアバレット》
——《★★★★★スキル：〈テラ〉ウォーターバレット》
——《★★★★★スキル：〈テラ〉ストーンバレット》
——《★★★★★スキル：〈テラ〉アイスバレット》
——《★★★★★スキル：〈テラ〉サンダーバレット》
最上級バレット系スキルのバーゲンセール。
炎、水、岩、氷、雷、多種多様な属性の弾丸が四方八方から飛んでくる。

それを発動しているのはもちろんユイだ。

回避、回避、回避。オレは四足獣を模した動きで、地面を這うようにして駆ける。

「しぃ君は、結ちゃんが言っていた〈シナジー〉の話を覚えていますか？」

不意に、射撃の手を止めないままユイがそう問いかけてきた。

答える余裕がないオレは、ただ荒い息を吐きながらユイの言葉に耳を傾ける。

「シナジー、それは三つのスキルの組み合わせによって生じる化学反応のこと。ワタシはですね、これはウォーゲームにおけるプレイヤーにも当てはまるものだと思うんです」

指を三本ピンと立て、ユイは続ける。

「スリーマンセルが基本のチーム。その総合力は、チームを構成する三人のプレイヤーの相性によって上下する。一人一人のプレイスタイル、考え方、得意分野、苦手分野、そして――性格。それらが噛み合っていれば大きな力を発揮するし、噛み合っていなければ逆にお互いの良さを損なわせることになる」

「以上を踏まえて言わせてもらいますが、しぃ君のチームは相性最悪です」

「譬えるなら、そう――火と水と油ですね」

「火はしぃ君で、水はヒメリさん、そして油はカイさん」

――火と水はお互いの特性を打ち消し合うこととなり、

――水と油はお互いに混ざり合うことができず、

――油と火はお互いが反応しすぎて暴走する。

まさに相性最悪。混ぜるな危険。

「ヒメリさんにカイさん、そのどちらと組んでも、しぃ君は悪影響を受けるだけです」

ですが――

「おっと……お喋り(しゃべ)がすぎました」

わざとらしい仕草で口に手を当て、クスリと笑うユイ。

「さ、お喋りタイムは終了です。――少し本気を出しますよ」

＝＝＝

ウォーゲーム・ハイスクール、システム管理室。

「彼女は分かった上で言っているのかな？」

クックツと笑いながら、御門(みかど)はモニター上に映し出されているユイへと視線を注ぐ。

結(むすぶ)は絹のような白髪を揺らし、その横顔を見る。

「なにをですか？」

「もちろん、いまの火と水と油の話を、だよ」

「ああ、センパイたちが相性最悪っていう」

結がそう零すと、御門は愉快そうな表情を浮かべて目の前のタブレットを手に取る。

「そう。だけど、そう・じゃ・な・い」

支離滅裂なように思える一言にコテと首を傾ける少女。

対する御門はスムーズな手つきで検索エンジンに〈火、水、油、反応〉と入力。

その検索結果を表示したタブレットを、不思議そうな顔をしている結へと差し出す。

「火と水と油。一対一では相性最悪といえるそれらが、三つ集まるとどうなるか」

そして、タブレット上に映し出されている情報を覗き見た少女は――目を瞠った。

「……大爆発を、引き起こす……」

＝＝＝

一瞬たりとも気は抜けない。少しでも足を止めればその場でゲームオーバーだ。

肺が破裂しようと、心臓が爆散しようと、オレは走り続ける。

「があああああああああああああああああっ！」

シャウト、シャウト、シャウト。喉が張り裂けんばかりの雄叫びを上げて加速する。

絶え間なく飛来する魔弾。視界を埋め尽くすほどの射線。

地獄のような光景の中にあるほんの僅かな〈間〉を縫うようにして駆ける。

ちらりと横目で時間を確認する。ユイとの戦闘開始から、まだたったの八分。

体感八時間はもう戦ってるんだが……と心の中で零しながら、表情を歪める。

「フフ、もっと色々な表情を見せてください」

その台詞を合図に、また一段階ユイのギアが上がる。

具体的には——魔法発動の間隔が短くなった。威力を維持したまま。

「ッ、ああ！　クソ！」

長時間の脳みその酷使により視界が霞む。手足の反応も段々と悪くなってきた。

だからといってユイは攻撃の手を緩めてくれたりはしない。

必殺の威力を伴って飛来する弾丸。オレはそれらから逃げるようにして走る。

——が。

「あ」

突如としてスローモーションになる視界。やけにクリアな脳内で、オレは零す。

ルート選択ミスった。この先、たぶん逃げ場ねーや。

プレミ。嫌いな単語が脳裏をよぎる。

そんな中……悲しそうな表情を浮かべるユイの姿を、オレの視界が映し出した。

「さよならです。またいつか会いましょう」

オレの身体目掛けて無慈悲に殺到してくる魔弾の雨。

これは死ぬ。確実に死ぬ。このままだと一瞬で蒸発して終わりだ。

「……っ……くっそ」

限界まで引き伸ばされる時間。迫りくる死神の足音。

死のイメージが明確な輪郭を帯びていく中、オレは限界まで目を見開き――

――《★★★スキル：オフェンシブ・ガード》

世界一頼もしい男の背中を見た。

「ああああああああああああああああああああああああああああああああああ！」

チャージエネルギーを纏(まと)った黄金の盾が巨大化。

衝突。激しい閃光(せんこう)を放つシールドが、魔弾の雨を真正面から受け止める。

そして相殺(そうさい)。視界全体を覆っていた弾幕が一瞬にして消え去り、目の前が開ける。

「――ごめん、遅くなったね」

「本当だよ」

イケメンスマイルと共に拳を突き出してくるカイ。

オレはそれに自分の拳を突き合わせ、ニッと笑みを返した。

「……さて」

その表情からスと笑みを消し、カイはユイへと向き直る。

「予言通りにはいかなかったみたいだけど」

——予言します。

——お二人はワタシの元に辿り着くことすらできないでしょう。

それはボス戦開始前、カイとヒメリに向けてユイが放った言葉。

「ふふ、どうやらワタシが間違っていたみたいですね」

ユイはどこか嬉しそうな様子でカイの表情を見ると、優雅な所作で頭を下げた。

「これまでのカイさんに向けての発言の数々、全て撤回します」

「ならよし。死ぬ気でここまで走った甲斐があったよ」

だけど——

「発言を撤回しないといけない人物は、もう一人いるんじゃないかな」

カイがそう告げた直後。

パリッ……という音を伴ったなにかが、オレの真横を通過する。

前半エリアから放たれたであろうソレが〈雷の弾丸〉であることを理解した時。

すでにその数発の弾丸は——ユイの心臓部分を、一ミリとズレることなく貫いていた。

「あえ……？」

口を半開きにする少女。その頭上に表示されているＨＰバーが一気に四割も減少する。

そしてオレたちの後方で、バサリとカーテンが擦れるような音が上がった。

次いでコツコツという三人目の靴音が、後半エリアに鳴り響く。

その音源へと視線を向け、驚きの表情を浮かべるユイ。

それを見たオレは思わずにやけてしまった。

「よう、遅かったな」

「うっさい。こっち見んな」

「オイ、それがボロボロになりながら時間を稼いだ戦士にかける言葉か」

口を「へ」の字に曲げながら歩み寄ってくるヒメリン。

まあ、コイツはこうじゃないと逆にこっちが調子狂うな。

「で……撃てないんじゃなかったのかよ、ソ・レ」

ソレ。そう口にしながら、ヒメリの指先から漏れている硝煙を見る。

「それ、いつの話？」

憮然。そう表現するしかない表情で返して来るヒメリンに、オレは思わず噴き出した。

しゃーねえ。少し目が腫れてることには、触れないでおいてやるか。

少女はオレの反応を見て不機嫌そうに眉間を歪めると、次いで「それと」と零す。

「遅くなったのには、理由があるから」

「理由？」

「ええ――これ、集めてたの」

そう言ってヒメリンが取り出したのは……大量のスキルコインだった。

ジャラジャラと地面に散らばるそれらを見て、オレは目を皿のようにする。

その反応を見て、満足げな表情を浮かべるヒメリン。

「あの骸骨兵どもの灰からコレを掻(か)き集めてたから、数秒遅れた」

「……お前が全部倒したのか？」

「九割ってところね。残りはソイツ」

ソイツ。そんな言葉と共に視線を向けられたカイは、コクリと頷(うなず)く。

「本当に、凄(すさ)まじい以外の言葉が出なかったよ」

前半エリアで直接ヒメリンの射撃スキルを目の当(ま)たりにしたらしい少年が言う。

対する少女は「フン」と鼻を鳴らすと——

「もう、一発たりとも外さないわ」

一切の迷いを含まない表情で、そう宣言した。

「頼もしいな。じゃー後ろは任せるぞ、プリンセス」

「変な呼び方しないで」

オレはカイから受け取った修復キットで【耐久値】を全回復させ、立ち上がる。

そして二人と並び立ち、部屋の奥で笑みを浮かべているラスボスを見た。

ワクワクという音が聞こえてきそうな、まさに「待ちきれない」という表情だ。

「それでは改めまして、ようこそいらっしゃいました、チャレンジャーの皆さん」

オレ、カイ、ヒメリンの順に視線を移動させ、そう口にするユイ。

「前半戦も残り僅かです。お互いに悔いが残らないよう、全力で殺し合いましょう」

そしてボス戦最終ラウンドが幕を開ける。

「シロト、これ」

と、一枚のスキルコインを投げて寄越してくるヒメリン。

受け取った《固有スキル》の説明書きに目を通したオレは、思わず「うお」と漏らす。

そのコインの中に宿っていたのが――この状況に〈逆転〉という展開を呼び込む可能性を秘めた、とっておきのスキルだったためだ。

「三分、僕とヒメリで時間を稼ぐ。だからきみは――」

「ああ、大丈夫だ」

お前たちが思い描いているシナリオは完全に理解した。

目でそう訴えかけると、カイは「話が早くて助かるよ」と言って笑った。

「じゃあ、頼んだ」

オレは二人に向けてそう告げる。

そして――ユイがいる場所とは真逆の方向に向けて走り出した。

＝＝＝

「えっ、ちょちょちょ！」

深紅のカーテンを突っ切り、一直線に前半エリアへと突っ込んでいくしぃ君。

その背中を見て、ワタシ——ユイは思わず困惑の声を漏らしてしまう。

それは一切予想していなかった展開だった。

何故わざわざ大量のスケルトンたちが待ち受ける前半エリアに？　その目的は？

——《★★★スキル：〈メガ〉サンダーバレット　》

「おわっ！」

飛来してきた雷の弾丸に、思考の中断を余儀なくされる。

——《★★★★★スキル：〈テラ〉サンダーバレット　》

同属性の魔法で二〇の雷弾を相殺。

指先から立ち上る煙をフッと吹き、こちらに敵意を向けている挑戦者を見下ろした。

「僕らはまだ眼中にないかい？　少しは認めてもらえたと思ってたんだけど」

闘争心剥き出しのとってもいい表情で、カイさんがこちらを睨みつけてくる。

「はい、確かにお三方に〈優劣〉がないことは認めました。しかし、だからといってワタシにとっての〈特別〉が揺らぐことはないのです」

しぃ君を想起しながら言うワタシを見て、カイさんは「気持ちは分かるけど」と零す。

「じゃあ、無理やりにでも僕たちを意識させるしかないかな」

そして、弾(はじ)かれるようにしてその場から駆け出した。

──《★スキル：スモーク　》

「わわわっ！」

一瞬にして真っ白に染まる視界。

スモーク。それは、周囲一帯を煙の幕で覆い尽くす固有スキル。

発動したのはヒメリさん。彼女が着ている【７ｔｈ】スーツの効果も相まって、その効果は何倍にも膨れ上がっている。正直、厄介。

「うわー、なーんにも見えない」

このスキルを使うということは、二人の目的はやはり「時間稼ぎ」なのだろう。

その隙に、しぃ君は前半エリアでこそこそとなにかの仕込みをしている……と。

「ですが、甘いですね」

ワタシは薄く笑い、視界端に映る自分のＨＰバーを確認する。

先ほど心臓に受けた《サンダーバレット》により、四割強のＨＰが消し飛んでいる。

「ということは、四つですね」

そう零したワタシは正面にウィンドウを表示し、そこに指先を向ける。

ワタシには、最高位の《普通スキル》五種が標準装備されている上に──〈ＨＰバーが一割減少するごとに、好きなスキルを一つずつ追加していくことができる〉という主観的に見ても「ぶっ壊れている」と言わざるを得ない特性が備わっている。

つまり、追い詰めれば追い詰めるほどに強くなっていく、ということ。

ワタシがプレイヤーであれば、絶対に戦いたくない相手です。

しかし、そんなリスクの塊とも呼べるワタシを倒すことで得られるリターンは、しっかりと用意されています。それが――〈最終的にワタシが持っていたすべてのスキルが、スキルコインとなって確定でドロップする〉というもの。

「さ、皆さんは無事ワタシを倒し、その褒美を得ることができるでしょうか」

――《★★★スキル：アップドラフト》

早速、新たに入手したスキルを使用。

アップドラフト。それはその名の通り、周囲に上昇気流を巻き起こすスキルだ。

強風と共に、視界を満たしていた煙幕が上空へと去っていく。

そして……見える、見える。後半エリア内を駆け回っている二人の姿が、ハッキリと。

――《★★★★★スキル：〈テラ〉ファイアバレット》

――《★★★★★スキル：〈テラ〉ウォーターバレット》

――《★★★★★スキル：〈テラ〉ストーンバレット》

――《★★★★★スキル：〈テラ〉アイスバレット》

――《　★★★★★スキル：〈テラ〉サンダーバレット　》

派手に、そして大胆に魔弾を斉射する。

二人を一気に相手するより、一人ずつ確実に倒していくとしましょう。

「えい」

一人目の標的としてワタシが選んだのは――カイさん。

このチームのブレインは彼だ。いま彼らが行おうとしている「なにか」を考案したのも、おそらくカイさん。そういう厄介な存在は、早めに潰しておくに限る。

コンマ数秒後。ワタシの放った数十にも及ぶ魔法の弾丸が金髪の少年へと殺到する。

しかし――当たらない。

「んー？」

確実に回避される。適切に対処される。完全にこちらの攻撃を見切られている。

どうして？　なんらかのスキルで動きのキレが向上している？　……いや、違う。

「異変が起こっているのは――ワタシの身体（からだ）の方ですか」

――《　状態異常：毒　》

視界端に映し出されたそんなテキストに、思わず「わお」と漏らす。

さきほどの《スモーク》に、なにかが混ざっていた……？

手で口元を抑えながら、上昇気流により天井へ押しやられた煙幕へと視線を向ける。

吸い込んだ者を毒状態にするスキル。十中八九《毒鱗粉》ですね。

つまり、スモークというスキルを使用した本当の目的……それは「目くらまし」ではなく「カモフラージュ」だったというワケだ。毒鱗粉という状態異常付与系スキルの発動をワタシに悟られないための。

おかげでこちらの射撃精度は低下。まんまと向こうの思惑通りになってしまった、と。

「……ふふふ、では、こちらもやり返させてもらうとしましょう」

ウィンドウを操作。そして新たに三つのスキルをスキルスロットへと追加する。

——《★★★スキル：パラライズ・トラップ》

——《★★★スキル：ポイズン・トラップ》

——《★★★スキル：スリープ・トラップ》

＝＝＝

「はは……マズいね」

大量の罠系スキルが展開されたことを確認し、僕——カイは内心で汗を流した。

相手に《毒》というデバフを押し付け、射撃の精度を半減させることには成功した。

だが、こちらの動きが制限されてしまえば元も子もない。どこにトラップが仕掛けられているかも分からない中、魔法の雨を避けながら動くことは不可能といっていい。

「さて、どうするか」

脳みそをフル回転させ、この場面を切り抜けるにはどうすればいいかを模索する。

直後——背後から飛来した岩の弾丸が、僕の頬を掠めた。

「うわ！　危なっ！」

思わず叫びながら、その弾丸を放ったであろう人物に目を向けた。

約三〇メートル後方。そこにあるのは、仁王立ちでこちらを見据えるヒメリの姿。

「……？」

なにか言ってる？

その口元が僅かに動いているような気がして、僕は目を凝らす。

……う、あ、い、あ、あ、い……つ、か、い、な、さ、い。

——使いなさい？

僕はハッとして、足元に埋没しているモノを地面から拾い上げる。

ヒメリが僕へと放った石の弾丸。それには一枚のスキルコインが張り付けられていた。

すかさず僕はそのコインに宿るスキルを確認する。

そして、彼女に対する最大限の感謝を心の中で叫んだ。

——《　★★スキル：危険視　》

それは、自分にとって〈脅威となるもの〉を視覚で捉えられるようになるというスキル。

スキルを発動した瞬間、ソレは〈黒いカゲ〉として視界に映るようになる。

「うん、見える」

地面に浮かんでいるいくつもの〈黒いカゲ〉の合間を縫うようにして、僕は駆ける。

――《★★★★★スキル：〈テラ〉ファイアバレット》

――《★★★★★スキル：〈テラ〉ウォーターバレット》

――《★★★★★スキル：〈テラ〉ストーンバレット》

――《★★★★★スキル：〈テラ〉アイスバレット》

――《★★★★★スキル：〈テラ〉サンダーバレット》

一分間のリキャストタイムを経て、再びユイがスキルを発動させる。

飛来する弾丸の雨。先ほどとは異なり、今回は足元のトラップにも注意しながらそれらを回避していかなければならない。

「はは、キツいな」

思わず弱音が零れ出る。

――でも、彼は一人でやってのけてたよ。

そんな自分を叱咤するように、心の中に住まうもう一人の僕がそう語りかけてくる。

そうだ。先ほどシロトはこの強敵を相手に、しっかり時間を稼いでくれたじゃないか。

「今度は、僕の番だ」

――《★スキル：スモーク》

後方での援護射撃を任せているヒメリが、そのスキルを発動する。

視界いっぱいに広がる白煙。

再びユイが《アップドラフト》を使えるようになるまでの、せめてもの抵抗でしかない。

しかし、いまの僕にとって、この白煙による援護は最高の後押しだった。

「ふ――ッ！」

前傾姿勢になり加速する。それは綱渡りにも等しい前進。

視界いっぱいに〈黒いカゲ〉が立ち込める中、ほんの僅かな光を辿って走る。

破れそうなほどの勢いで鼓動を打つ心臓。沸騰しそうなほどに滾り上がる血液。

がむしゃらに、ただひたすら真っ直ぐに走って、走って、走って、走って、走った。

そして、その先で――

「はい、ストップ」

悠然と佇むユイに迎えられた。

誘導された。頭がそう理解すると同時に、全身に〈黒いカゲ〉が覆いかぶさってくる。

もう逃げられない。どこにも逃げる場所はない。

「残念でした」

口元に笑みを浮かべてユイが言う。

限界まで引き伸ばされる、死の間際の一瞬。白黒に変わる視界。

そして僕は――ユイの背後へと現れた巨大な〈黒いカゲ〉を目にした。

＝＝＝

――《★スキル：クリティカル・コンボ》

それがヒメリンから受け取ったコインに宿っていたスキルの名前。

その効果は、生物相手に連続で《クリティカル・ヒット》が成功すればするほど、攻撃力が上昇していくというもの。誰も使いたがらないようなピーキーすぎるスキル。

そう、この世界でオレだけが、100%の効果を引き出すことができるスキルだ。

「があああああああああああああああああああああああああああッ！」

スモークのカーテンを突き破ってユイの背後へと飛び出す。

ボロボロの姿でこちらを見上げるカイ。

あとは任せろ。約束の三分を稼いだ仲間へとその言葉を送り、加速する。

そして――前半エリアに跋扈するスケルトン相手に稼いだ30コンボ分の攻撃力を宿した拳を、固く握りしめた。

「――……」

振り返るユイ。

至近距離で二つの視線が絡まり合う。

永遠にも感じる一瞬。そんな中……少女がほんの僅かにその頬を綻ばせた気がした。

――《クリティカル・ヒット》

＝＝＝

――《チーム9》

――《合計視聴者数：48750人》

――《リアルタイム視聴者数ランキング：1位》

五章▼〈特別招待生選抜試験〉その3

1

前半戦という名の〈予選〉が終了。

そして後半戦という名の〈本選〉へと臨む資格を得た十五人の受験生たちが出揃う。

「やっぱ上がってきたか」

――ユウガ。後半戦出場者一覧にその名前があることを確認し、オレは拳を握った。

与えられた後半戦開始までのインターバルは六〇分。

グツグツと腹から溢れ出してきそうになる熱を押し戻し、オレはカイたちに向き直る。

「とりあえず現状整理と、後半戦でのムーブの打ち合わせをしておこう。まずは前半戦で手に入れたスキルコインの共有からだ」

頷きを返し、手元のウィンドウ上に〈入手スキル一覧〉のページを映し出す。

手に入れたスキルコインは全部で八十七枚。

そのうち七十一枚は《普通スキル》で、残り十六枚が《固有スキル》となっている。

そして、これらのスキルコインの中からオレたちが後半戦に持ち込むことができるのは、たった三枚だけ。三人で合計すると九枚。ここでいかに〈シナジー〉が高い組み合わせを発見できるかが、後半戦に臨む上で重要な鍵となるわけだが。

さて……どうしたものか。

「バトロワ系のゲームにおける最も正解に近いムーブって、どんなものだと思う？」

唸るオレに助け舟を出すように、カイがそう問いかけてくる。

――バトルロワイヤルゲーム。

それは一言でいうと〈ラスト・ワン・スタンディング〉……最後の一人になるまで頑張って生き残りましょう、というゲーム。

つまりその一番の目的は――「敵を倒す」ではなく「生き残る」だということ。

それらを踏まえた上でカイの質問に答えるとすれば。

「極力終盤まで戦わないこと、とかか？」

「うん、大正解」

「やるじゃん」といった感じでオレを指さし、カイは続ける。

「バトロワ系のゲームでは、できるだけ無駄な戦闘を避けることが重要だとされている。なぜなら――〈漁夫〉というものが存在しているからだ」

「ギョフ？　漁夫の利って言葉あるけど、そのギョフ？」

「そうそう。例えば、ＡチームとＢチームが戦っていたとする。その二チームがやりあって消耗したところに万全な状態のＣというチームがやってきて、ＡチームとＢチームを壊滅させました。こういった場合、AチームとBチームがCチームによって漁夫られたということになる」

　ふむ、なるほど……つまりは〈横から掠(かす)め取る〉みてーなもんってことか。

「んで、なんでいまオレにそれを？」

「いや、随分と難しい顔でウィンドウと睨(にら)めっこしてたから、いま言ったような〈戦闘を極力避けることに重きを置いたスキルの組み合わせ〉というものも、コンセプトの一つとしてはアリだということを教えておこうとね」

　確かに、カイが言っているのは重要なことだ。

　つまるところ、序盤から中盤を無事に切り抜けることができなければ、どうにもならないということ。いまカイが言ったような〈漁夫〉などによる事故に巻き込まれてしまえば、終盤の一位争いに臨むことすらできなくなるしな。

　頭の中を一度リセットさせる意味も込めて、真剣に考えてみるか。

「戦闘を避けるための作戦、か」

　一番に思い浮かぶのは《透明化作戦》かな。

　もし透明になることができれば、接敵しても相手と戦わずにやり過ごすということが可能となるだろう。が、いまあるスキルでこれを実現できそうな組み合わせはない。却下。

「それ以外となると、滞空作戦とかか」

空の上で、敵が残り一チームになるのを待つ。これができたら最強だろう。

「ケド……ムリだよなあ」

オレが前半戦で使っていた《スカイステップ》のような《一時的な滞空を可能とするスキル》はあるにはあるんだが……滞空出来る時間に対してリキャストタイムが長すぎるため、長時間の滞空を実現させるとなると難しいだろう。だからこれも却下だ。

「あぁぁぁぁぁぁぁぁぁ」

沸騰しそうな脳みそを揺らしながら、入手スキル一覧へと目を向ける。

何かないか。ライバルたちを出し抜ける、普通では考えつかないような何かは。

「ん？」

入手《固有スキル》一覧の一番下。

不意に、そんな場所に名を連ねていた《とあるスキル》に意識を引き寄せられる。

そして――

「……あ……」

脳が痺（しび）れるような感覚。

突如として脳内に浮かんだ一つのアイデアに、オレは勢いよく立ち上がった。

「シロト？　何か思いついたのかい？」

「え、あ、お……多分……思いついた」

オレはそう言って〈武器〉が収納されているウィンドウを開く。

「この武器と、このスキルを組み合わせてみたらさ……面白くね？」

緊張と好奇心の入り混じった声でそう問いかける。

沈黙。誰もなにも口にしないまま、五秒、一〇秒、三〇秒と時間だけが過ぎていく。

そして——約二分後。

「うん、試してみる価値あるよ、コレ」

顔を上げたカイが口にしたそんな言葉に、オレは「うし！」と拳を握った。

＝＝＝

ウォーゲーム・ハイスクール、システム管理室。

モニター上に表示されている後半戦開始までのカウントダウンが、残り一分を切る。

「よし、じゃあ、始めようか」

試験監督を務める長髪の女——御門一華（みかどいちか）が、待ちきれないとばかりに立ち上がる。

一斉に御門へと集中するシステム管理室内の視線。

「約三か月……長きにわたって行われてきた〈特別招待生選抜試験（セレクション）〉の集大成だ」

それじゃあ——

「すべてが決まる六〇分。みんな、最後までよろしく頼むよ」

何重にも重なり合った「はい！」という声が、部屋中に響き渡る。

その光景を横目で見ながら、御門の傍らに座る少女――小指結は、モニターへと視線を移す。そして、その奥で強化スーツの選択を行っている黒髪の少年へと思いを馳せた。

「センパイ……」

唇から零れた小さな声が、キーボードを叩く音の中に消えていく。

――《2》――《1》――《0》――《GAME　START》

そして、十五人の受験生たちによる運命の六〇分が幕を開けた。

2

後半戦開始から、三十二分が経過。

「はあッ……はあッ……はあッ！」

緑が生い茂るフィールド上で、その少年はなにかから逃げるようにして走っていた。

（なんでこんなことになった……ッ！）

既にデス判定となっているチームメンバーの名前を横目でなぞり、彼は奥歯を噛む。

つい数分前までは、すべてが順調に進んでいた。

誰一人として欠けることなく、最終決戦に向けた準備を整えることができていた。
それなのに、どうして……？
少年はその表情を歪めながら、森の奥へと足を進めていく。
（ああ、そうだ、すべての原因はアイツだ）
彼のチームを半壊へと導いた死神。そのプレイヤーの名は——ユウガ。
（予想できるかよ。たった一人に、俺たち三人が手も足も出せないなんて……！）
彼は直接目の当たりにした。圧倒的なセンスを。暴力的なまでのプレイヤースキルを。
そして否応なく思い知らされた。彼我の間に存在する、天と地ほどの隔たりを。
「はあッ、はあッ、ふざけんなッ……こんなところでッ……こんなところでぇ……！」
とりあえず走れ。逃げろ。
勝てるビジョンが見えなくったって、生きていればチャンスは幾らでも巡ってくる。
そう自分を鼓舞しながら彼は走る。
そして——
「はい、捕まえた」
足音もなく背後に現れた死神によって、彼は胸を貫かれた。

＝＝＝

ユウガはナイフを鞘へと収め、残っているチームの数を確認する。

「ぼくたちを含めて、あと三チームか」

こうしているうちにも、セーフティゾーンは徐々に狭まっている。

フィールドのすべてがデンジャーゾーンに呑み込まれるまで、もう三〇分もない。

「ここからは、より漁夫の危険性が高まる。慎重に行動しよう」

チームメイトの一人――ロンが、ユウガに向かってそう告げる。

「残り二チームの位置は把握できてる？」

「一チームは完全に捉えている。だがもう一チームは……尻尾すら掴めていない」

「そっか。ま、いいや。じゃあ位置が分かってる方のチームのところに案内してよ」

「待て。いま戦えば最後のチームからの漁夫――」

「関係ないよ」

ハッキリとした口調で言葉を遮られ、ロンは息を呑む。

「何人同時にかかってこようと、ぼくなら全員倒せるから」

「……」

「というかそもそもの話、一〇秒くらいで三人倒せば漁夫なんて関係なくない？」

「……分かった」

制御不能。セオリーというものが通用しない天才。

押し負ける形で首を縦に振ったロンの案内で、三人は移動を開始する。

そして約四分後——接敵。ユウガは宣言通り、一〇秒で相手チームを殲滅(せんめつ)してみせる。

大きな盛り上がりを見せるチャット欄。それに反し、三人はこの上ないほど冷静だった。

「周囲警戒」

「分かってるってば」

トライアングル。三人は互いの姿が見える限界の位置まで広がり、敵の襲撃に備える。

一秒、五秒、一〇秒。徐々に過ぎ去っていく時間。三者の間に流れる沈黙。

そして——その気配に最初に気づいたのは、ユウガだった。

「……ん？」

少年は不意に上空を仰ぎ見た。

なぜそうしたかと聞かれれば、「なんとなく」と答えるしかない。

ひたすら上に向かって伸びる何本もの巨大な樹木。その枝葉の隙間に見える青い空。そして……その中心に、不自然な〈点〉が三つ。

「んー……ん？」

それが落下してきている三つの〈人影〉であると、ユウガだけが気づく。

直後——

――《　★★★★★：〈テラ〉サンダーバレット　》

バチィという音を伴って空から飛来した雷の弾丸が、ユウガたちを急襲した。

「あ、ッぶ！」

紙一重で回避するユウガ。そして即座に顔を上げる。

視線の先には、雷弾をまともに受けたことでスタン状態になっている、仲間たちの姿。

額、心臓、首、鳩尾(みぞおち)……急所という急所をすべて打ち抜かれた二人のスーツは、装着者がスタン状態から脱する前に、その【耐久値】を全損させた。

「やるーぅ……！」

ダメージエフェクトを残して消滅した二人を見て、ユウガはその口角を吊(つ)り上げる。

そして高鳴る心臓の音を聞きながら、こちらに近づいてきている上空の影を見据えた。

＝＝＝

――二〇秒前。

「よし、行くぞ」

残りチーム数が【２】になったのを確認したオレ――シロトは、傘をさすようにして掲げていた直径一〇メートルにも及ぶ盾をアイテムボックスへと収納した。

同時に、オレたち三人は落下を開始する。

「まさかこんなに上手くいくなんてな――《仮装気球作戦》」

仮装気球作戦。

それが〈終盤まで戦わない〉を実現するためにオレたちが編み出した作戦だった。

小ボス部屋で入手した武器――《　★★★アイテム：シールド　》

ユイが落としたスキルコイン――《　★★★スキル：アップドラフト　》

作戦に用いたものは、この二つ。

具体的に説明すると……〈《巨大化》スキルが付与されたシールド〉と〈上昇気流を発生させるスキル《アップドラフト》〉を掛け合わせて、なんちゃって気球を作り出した。

そして序盤から現在にかけて、上空に留まり続けることに成功したというワケだ。

更に、この作戦が真の効力を発揮するのはここから。

――《　★★★★★スキル：〈テラ〉サンダーバレット　》

視界にそんなテキストが表示された瞬間。

真下へと向けられているヒメリンの指先から、雷の弾丸が連射される。

バレット系スキルの中でも最速と呼ばれているその弾丸は、進路上に存在しているプレイヤーたちの身体を一瞬にして貫いた。

「あー、一人討ち漏らした。あとの二人はやったけど」

「充分だろ。……んで、討ち漏らしたってのは」

「アンタが想像している通りの人物よ」

「オーケー」

段々と近づいてくる地面。生い茂る枝葉を抜けた先に……ソイツの姿はあった。

「あいさつ代わりだ」

──《　クリティカルカウント開始　》

──《　１　》──《　２　》──《　３　》──《　４　》──《　５　》

最大チャージ。

落下する直前。オレは発光する拳を地面に向かって思いっきり突き出した。

──《　クリティカル・ヒット　》

閃光が弾ける。そして、少し遅れて生じた地面の破砕音が森の中に鳴り響いた。

数秒後。オレはゆっくり立ち上がると、巻き上がる砂煙の奥で佇むソイツを視界に映す。

「……久しぶりだな」

「そうだね！　最後に会ったのが随分と前に感じるよ」

お気に入りの玩具を見るような目をこちらに向けてくるユウガ。

しばらくして、背後から歩み寄ってきたヒメリンとカイがオレの隣に並び立つ。

そして、ユウガへとその鋭い視線を投げつける。ヒメリンは《超新星杯》で、カイは一次試験で一度コイツに敗北している。どちらにとっても因縁浅からぬ相手ってことだ。

「じゃあ早速始めようよ！　三人とも、好きなタイミングでどうぞ」

待ちきれないというように、ユウガはメインウェポンであるナイフを構える。

それに対してオレは——

「ざけんな」

チームを代表してそう返した。

きょとんという表現がぴったりな表情を浮かべるユウガ。

そんな彼に向かって、オレたち三人は同時に人差し指の先端を向ける。

「一人選べ。この勝負の決着は、一騎打ちでつけてやる」

もしいまのような状況になったら、こうしよう。オレたちは事前にそう決めていた。

正々堂々。誰にも文句を言わせせない勝利で、コイツとの因縁に決着をつけよう、と。

「……ふっ、はは、あははははっ！　そのパターンは想像もしてなかったよ」

腹を抑えながら、ユウガは笑う。

「うん、分かった。じゃあ僕が選ぶ相手は——キミだ」

ひとしきり笑った後、ゆっくりと顔を上げた彼が指差したのは……オレだった。

「シロト君、僕はキミと戦いたい」

「だってさ」

言って、オレは両隣に立つ負けず嫌い二人に視線を向ける。

「ま、仕方ないか。ここは大人しく観戦に回ることにするよ」

「負けたら●すわよ」

と……二人から返ってきた答えに、オレは思わず目を丸くする。

意外とすんなりだったな。ヒメリンは超不服そうな顔をしていたが。

セーフティゾーンギリギリまで離れていく二人を見送り、オレは再びユウガに向き直る。

「待たせたな。じゃあ、やるか」

「うん、楽しもう」

グローブにナイフ。互いにメインウェポンを持ち上げ、視線を交わし合う。

そして特に開始の合図などを決めていなかった中——オレたちはほぼ同時に飛び出した。

——《チャージカウント開始》

——《1》

一秒分のチャージ。そして開幕の一撃を放つ。狙うは相手の死角。

オレは淡い光を纏(まと)った拳を、疾駆の勢いに乗せて放つ。

直後……ユウガの輪郭がブレる。

空を切る拳。そして視界端には、低い体勢でナイフを構えるユウガの姿。

動作の修正は不可能。一瞬でそう判断したオレは——前進という選択肢を取る。

奥歯を噛み締め、地面を蹴り砕く。

「──ッ！」

まさに紙一重。迫りくる短剣の切っ先に前髪を巻き込まれながら、オレは少年の傍らを通過。相手の体温が感じられるほどの距離で視線を絡ませ合う。

そして、お互いがそれぞれの間合いから離脱。

入れ替わる立ち位置。彼我の間で繰り広げられる駆け引き。

そして生まれる一瞬の硬直。ほんの僅かな隙を見せた少年を見て、オレは薄く笑った。

追撃はさっき置いてきた・・・。

──《　★★★スキル：パラライズ・トラップ　》

場所はユウガの真下。つい数秒前までオレが立っていた場所。

このトラップを仕掛けたのは──この場所に降り立った直後のことだ。

スキル発動時にこちらの姿を見られていると、テキストメッセージによってトラップを設置したことが相手にバレてしまう。だからオレは、わざわざチャージエネルギーを込めた拳で地面を打ち砕き、砂埃を立てたのだ。

「とくと味わってくれや！」

渾身の思いを乗せた呼びかけに応じるように、ユウガの足元がパリッと光る。

「おわ！」

しかし――赤髪の少年は驚異的な速度をもってその一撃を回避してみせる。
空振りに終わる追撃。だけど……それで良い。
突然襲い掛かって来た命の危機から脱し、息継ぎをするように動きを止めたその一瞬。
そんな無防備な姿を晒す天才へと、オレは指先を突き付けた。
――《★★★★★スキル：ファイアバレット》
炎弾五〇連射。下手な鉄砲も数撃ちゃ当たる、だろ！
「ふッ！」
炎の弾幕を前にしたユウガは、その手に持つナイフを翻す。
そして――驚異的な速度で振るわれるソレで、炎の弾丸を次々と斬り裂き始めた。
ふざけんな。人間業じゃねーって。
心の中で「このリアルチーターが！」と零しながらも、オレは全力で駆け出した。
炎の弾丸に紛れて急接近してくる人影に気づき、目を見開くユウガ。
咄嗟にバックステップで後退しようとするが、もう遅い。
既にそこはこちらの間合い。固く握られたオレの拳が目の前の獲物へと牙を剝く。
直前――
「ッッッ！」
ギリィと。一気に粟立つ全身の皮膚。警鐘を鳴らす理性と本能。

吐き気を催すほどの嫌な予感に包まれ、オレは弾かれるようにその場から飛び退いた。

――《★★★スキル：ポイズンスキン》

直後、漆黒の瘴気を織り交ぜられた毒の鎧が、ユウガの身体を包み込む。

毒状態を押し付けてくるカウンターかよ。えげつねーって。

バクバクと膨張と収縮を繰り返す心臓に鼓膜を揺らされながら、オレは大きく息を吐く。

「あれ、いまの避けるんだ。もしかして直感を強化するスキルでも使ってる？」

「さあな」

そんなもん使っていない、と正直に答えてやるつもりはない。

戦闘以外の駆け引き。できること全部やって、コイツに対抗する。

「があああああああああああああああああああああああああああッ！」

シャウト。脳のリミッターを外して、チャージを開始。

距離を詰めてくるユウガを視界に映しながら、オレは全力で地面を蹴り抜いた。

＝＝＝

ウォーゲーム・ハイスクール、システム管理室。

「クライマックスの雰囲気が漂ってきたねえ」

御門(みかど)は眼前の巨大モニターに流れている映像に視線を注ぎながら、薄く笑った。

「……気のせいでしょうか。なんだかセンパイ、前半戦に比べて……」

「うん、動きが良くなっているね。それも見違えるくらい」

結(むすぶ)へとそう返し、モニター上に映し出されている一人の少年を視線で追う。

そのプレイヤーの頭上にポップアップしている名は――シロト。

「いわゆる〈尻上がりタイプ〉のプレイヤーなんだろうね」

御門は深くイスにもたれかかる。そして、結へと視線を向けた。

「問題、人間は一日に何回くらい〈決断を下す〉という行為を行っているでしょう」

「人間が一日に決断する回数、ですか？」

「そう。考え、選択し、決断する……その一連の流れを、一日で何回くらい行っているのか。勘でいいから言ってみてよ」

「そうですね、人によるとは思いますが……一〇〇〇回ほどでしょうか」

「残念、正解は約三五〇〇〇回でした」

「桁が一つ違いましたか」

「驚いただろう？　人間は無意識のうちにそれだけの決断をしているんだよ。そして、その回数が三五〇〇〇回に近づくにつれて〈思考の質〉というものは向上していく」

思考の質。その単語を耳にし、結は興味深そうに眉を上げる。

「昼よりも夜の方が集中できるっていう人っているだろう。いわゆる夜型と呼ばれる人たちだ。それも、一日の中で決断を下した回数が三五〇〇〇回に最も近づく時間帯が夜だからこそ起こる現象なんだよ」

　御門はそこで一度話を区切る。そしてモニターへと視線を戻した後、再び開口した。

「話を戻そう。ゲーマーにおける尻上がりタイプとは、いわばその〈思考の質〉と呼ばれるものの影響が色濃く表れる者たちのことだ。時間が経過するにつれて、決断の回数を重ねるにつれて、彼らのパフォーマンスは急激に成長していく」

「……もしかして？」

「そう。おそらく彼は、いま最も〈三五〇〇〇回の領域〉に近い状態にいると思われる」

「一日に消費する決断のストックを、もう使い切ろうとしているということですか？」

「ああ、ゲームほど膨大な決断を迫られるものはないからね。彼はいま、知恵熱が出るくらい脳みそをフル稼働させているはずだよ」

　御門の言葉を受け、システム管理室内の全ての視線が一人の少年へと集中する。

　そんな中、顎に手を当てた結が「はい」と手を挙げる。

「もし、その三五〇〇〇回のストックを使い果たしてしまったら、どうなるんですか？」

「フフ、良い質問だね。三五〇〇〇回というラインを越えた人間がどうなるか。私は大きく分けて二つのパターンが存在すると考えている。一つが、正常で冷静な判断ができない状態……いわゆる〈集中力切れ〉と呼ばれる状態に陥ってしまうパターン。まあ、ほとんどの人間にはこっちのパターンが当てはまるだろうね」

そして――

「もう一つが、考え、選択し、決断するという一連の流れを経ることなく、経験と直感から導き出される最適解を無意識に選び続ける怪物へと変貌するパターンだ」

「怪物、ですか」

「ああ。私はそれが、〈ゾーン〉と呼ばれるものの正体なんじゃないかと考えている」

覚醒状態――ゾーン。

それは、集中力が極限まで高まることで、感覚が研ぎ澄まされたように感じる状態のこと。ごく一部の天才だけが足を踏み入れることのできる領域。

その状態を引き出すためのトリガーが〈三五〇〇〇回という決断のストックを使い切ること〉であると、自分の持つ理論を述べた御門は、満足げな表情でモニターを仰ぎ見た。

「さ、そろそろみたいだよ」

＝＝＝

避ける、避ける、避ける。

徒手空拳であるオレに唯一アドバンテージのある〈小回り〉という武器。

それを最大限に発揮し、ユウガが放つ神速のナイフを掻(か)い潜(くぐ)るようにして避ける。

駆ける、駆ける、駆ける。

四肢を自由に扱えるオレの前では、障害物さえ足場と化す。

視界に映るものすべてを活用しながら、地を這(は)うようにして駆ける。

吠(ほ)える、吠える、吠える。

それは、自分自身に対する叱咤(しった)激励。

胸の内で燃え盛っている炎に薪(まき)をくべるように吠える。

手を休めるヒマはない。常に先手。決して後手には回らない。回ってやらない。

後手に回って拮抗(きっこう)を保てるほどの技量がオレにはないから。

あるのは、この愚かしいまでの勝利への渇望のみ。

この想(おも)いが、格上との戦いという逆境の中にあるオレの背中を後押しする。

「があああああああああああああァ！」

裂帛(れっぱく)の気合いを込めて右拳を繰り出す。

同時に、ダメージを表す赤のエフェクトが弾(はじ)けた。その出所はユウガの頬(ほお)。

「ッ……！」

ダメージ自体は薄皮一枚を裂く程度だが――初めて彼を怯(ひる)ませることに成功する。

オレはそこに追い打ちをかけるべく、地面を蹴り砕いて一本の矢となった。
「があああああああああああああああああああっ！」
殴りかかる。1コンボ、2コンボ、3コンボ。
まだだ。4コンボ、5コンボ、6コンボ、7コンボ、8コンボ。
もっと、もっと。9コンボ、10コンボ、11コンボ、12コンボ、13コンボ。
体内で暴れ狂う、凄まじい感情のうねりに耐える。
ギチギチと軋みを上げる奥歯に、ブチブチと悲鳴を上げる筋繊維。
しかし、いまはそれらすべてを受け入れる。受け入れた上で、推進力にする。
もっと、もっと、もっと。もっと早く。もっと速く。もっと疾く。
量を意識しろ。相手の想像を上回るほどの手数で有利な状況を手繰り寄せろ。
スーツを、スキルを、シャウトを。己の全てを駆使して、コイツを上回れ……ッ！
「――」
不意にズクンと、心臓が一際大きく跳ねる。
そして――なにかを突き抜けた感覚を、確かに覚えた。
周囲の景色から色が抜け落ちて世界がモノクロになる。
脳内を埋め尽くしていた雑念が薄れ、頭がクリアになっていく。
潜る。思考の奥深へと没入する。身体を包み込んでくる全能感に身を任せる。

漲ってくる力。より鮮明になる視界。いつもより言うことを聞いてくれる身体。

オレはそんな感覚を噛み締めながら――ユウガへと殴りかかった。

――《《　クリティカル・ヒット　》》

＝＝＝

その瞬間、システム管理室内がざわめきで満たされた。

「おい、アイツいまチャージしてなかったよな？」

「うん。それに、あの子の主観視点みて……チャージカウントのテキストも出てない」

「じゃあなんで《《クリティカル・ヒット》》判定が出てるんだ？」

困惑と焦りが入り乱れる室内。

「はいはい、落ち着いて」

そんな中、試験監督の御門が嫌な空気を霧散させるように手を鳴らす。

そして立ち上がると、周囲の視線をその一身に受け止めながら口を開いた。

「バグじゃないよ、いまのは」

「で、でも先生、彼はたしかにチャージをせずに」

「いいや、していたよ」

御門は手元のタブレットを操作し、巨大モニター上に映し出されている映像を巻き戻す。

そして、シロトが《クリティカル・ヒット》を繰り出す直前で画面を停止させた。

「あっ、本当だ。ちゃんと光ってる」

確かにチャージの光を宿す少年の拳を見て、生徒たちはホッと息を吐く。

「攻撃を叩き込む寸前にチャージを開始し、拳が着弾すると同時にエネルギーを開放した。その間〇・一秒以下。そりゃあチャージカウントを告げるテキストも流れないわけだよ。だって、カウントを始める前にその一連の行動は全て終わっちゃってるんだからね」

少年が披露してみせた不可解な《クリティカル・ヒット》のからくり。

御門はそれを言葉にしながら、モニターの映像を元に戻す。

「ですが……彼はなぜそのようなことを？」

一人の男子生徒が、訝しげに眉根を寄せる。

チャージシステム。それは武器にエネルギーをチャージすることができるシステム。

チャージ可能時間は最大で五秒間。

そして――一秒チャージするごとに、攻撃力は〈＋1倍〉されていく。……以上を踏まえると、一秒以下のチャージはチャージとしての意味をなさないということになる。

「彼が行ったことに意味はあるんですか？」

男子生徒はその表情に僅かな好奇心を滲ませながら、そう問いかける。

そんな彼の視線を受け止め――

「ない」

御門はハッキリと言い放った。

「普通なら、ね」

次いで、いたずらっぽい笑みを浮かべながらそう付け加える。

「彼のスキルスロットを見てごらん」

御門の言葉を受け、生徒たちは一斉に手元のデバイスを操作し始める。

そして少年のスキルスロットを確認し、全員がほぼ同時に「あ」という声を漏らした。

そのスキルの名は――《★スキル：クリティカル・コンボ》。

使用者の《《クリティカル・ヒット》》連続成功回数に応じて攻撃力が上乗せされていく、というピーキー過ぎる効果を持つスキル。

「一秒以下のチャージでは、チャージシステムによる攻撃力アップという恩恵を受けることはできない。だけど、この《クリティカル・コンボ》というスキルの恩恵を受けることはできる。……そういうことさ」

基本的に知能を有しない敵と戦うPｖEとは異なり、技や駆け引きを用いる敵と戦うPｖPでは、悠長にチャージをしているヒマなんてない。誇張なく、一瞬の隙が命取りとなるといえる。それはつまり……《《クリティカル・ヒット》》をバトルスタイルの軸に置いているシロトは、その強みを活かすことができないということ。

「そんな壁に突き当たった彼がこの土壇場で導き出した答え。それがコレなんだろう」

一撃一撃の攻撃の質に重きをおく〈長時間チャージ〉を捨て、《クリティカル・コンボ》という手数が多ければ多いほど輝くスキルをバトルスタイルの軸に据えた。結果、〈超短時間チャージ〉を使ったこの戦い方が生まれた、と。

そんなシロトを、御門は天晴だと褒めたたえる。

そして、加速度的に増え続ける〈視聴者数〉を目にし、興奮を含んだ笑みを浮かべた。

「……兆しを感じるねえ」

——新時代到来の兆しを。

「さあ、押し寄せてくるよ」

ゲームの世界にも、あの《IS》に代わる新星たちの波が。

この凝り固まったゲーム界を呑み込み、ぐちゃぐちゃにしようと。

「たったいま、ここが時代の〈転換点〉だって考えると、ワクワクしないかい？」

御門は頬を紅潮させながらそう口にする。そしてここから先は一瞬たりとも見逃してやらないと言わんばかりに目を見開き、モニター奥へと意識を集中させた。

＝＝＝

――オレを見ろ。

加減なんてものは放り捨てる。

喉が張り裂けんばかりの叫びで脳の枷を取り外しながら駆ける。

――稲荷白斗というゲーマーを見ろ。

緩急をつける余裕なんてない。

ただひたすら速く、多く、拳を突き出すという行為を繰り返す。

――剥き出しの稲荷白斗を……見ろ……ッ！

自分の中で何かが爆発する。それは、ゲーマーとしての本能と言うべきか。

余計な感情が剥がれ落ち、剥き出しになるのは――自己顕示欲。

もっと見ろ。もっと見ろ。もっと見ろ。もっと見ろ！

日本ゲーム界の至宝と呼ばれる〈不敗〉のゲーマーではなく。〈最高傑作〉ではなく。

オレを。稲荷白斗を。稲荷白斗というゲーマーの魂から生まれるこの熱を。

オレがオレであることの証明を――見ろ。

「があああああああああああああああああああああああッ！」

汗が干上がるほどの熱気が、オレとユウガが衝突する度に膨張していく。

周囲に飛び散るダメージエフェクト。

ぶつかり合い、そして混ざり合う雄叫び。交錯する拳と刃。白熱する死闘。
影を重ね合うごとに、オレたちの動きは磨かれていく。
それはまるで、終わりのない舞踊。時が経つにつれ洗練されていく舞台芸術。
互いの咆哮を背景に、二匹の雄は一瞬でも気を抜けば即幕引きの死闘を踊る。
僅かな乱れが命取り。しかし、それを気にしていては攻撃へと転じることができない。
だから攻める。ひたすら攻める。前進以外の選択肢を捨て、己の限界へと挑戦する。
そして――
そんな極限状態の中で――
オレは無意識のうちに――笑っていた。

＝＝＝

――《リアルタイム視聴者数：86597人》

急激な速度で増加していく視聴者の数。
それに反して……段々と緩やかになっていくチャットの勢い。
その現象を目にして、ワタシこと小指結は抑えられないほどの興奮を覚えていた。

視聴者たちは見入ってしまっているのだ。

シロトというゲーマーに。チャットを打ち込むという行為を忘れてしまうほどに。

「このワタシのライブでだって、こんな現象は起きませんよ」

そう零(こぼ)している間にも……一人、また一人と、センパイが発する熱に呑(の)み込まれていく。

限界を超越した二人の戦いに魅せられていく。

もし——

何万もの視聴者が見守るこの配信で、チャットの流れが完全に止まる時が訪れれば。

それは間違いなく——時代の〈転換点〉呼ばれる瞬間となるだろう。

「いけ……センパイ」

ワタシは両手を強く握り締め、モニターへと食らいついた。

＝＝＝

——ゲ・ー・マ・ー・の・資・質とは何か。

どんな不測の事態にも対応できるアドリブ力か？

どんな大舞台でも緊張しない鋼のメンタルか？

否(いな)。僕——カイはそれを「いかなる状況であろうとゲームを楽しめる心」だと考える。

であるとすれば。シロトは紛うことなき最高のゲーマーということになる。

あの《IS》さえも遥かに凌駕する、最高の。

「あー、くそ」

どうしていまシロトと戦っているのが自分じゃないのか。

悔しさで表情を歪めながら、僕はそう零す。視線の先にあるのは……シロトというゲーマーの影響をその一身に受け、現在進行形で急激な成長を遂げているユウガの姿だ。

シロトが見せる〈心の底からゲームを楽しむ姿勢〉は伝播する。

伝播し、ゲーマーたちの心の底で燻っている熱を呼び起こす。

そしてこの僕も、そんな彼にまんまと影響されることになったゲーマーの一人。

「……どうしてくれようか、この熱」

行き場を失った熱が身体の内側を這いまわっているのを感じながら、僕は笑った。

＝＝＝

「……熱い」

ポツリと。気づけば私――ヒメリの口からは、そんな言葉が漏れだしていた。

熱い、熱い、熱い。ぼやける視界。沸騰する血液。蒸発する汗。切れる息。

一人の少年から伝染してきた熱に、身体中を支配される。

それはまるで病気のようだった。ゲーマーであろうと、そうでない者であろうと、近づいた者たちすべてを熱くさせるという、厄介極まりない伝染病。当然、より長く熱の発生源の近くにいた者ほど、現れる症状は濃くなる。

この病を癒す術はたった一つ——勝利すること。

「死んでも負けるんじゃないわよ」

勝負の行方を託した少年にそう告げる。

そして、私はいまにも溢れかえりそうになる昂ぶりを理性で抑えつけた。

＝＝＝

戦い始めてから六分が経過する。

次々と溢れ出してくるアイデアに後押しされるようにして、オレは踏み込む。

するとそれに応えるようにして、ユウガもこちらに踏み込んできた。

思考すら追いつかないほどの攻撃の応酬。

オレたちはその中で、確かにゲームという名の言語を交わしていた。

——キミはどうしてゲームをしているの？

ユウガの攻撃に乗ってそんな質問が飛んでくる。

――そりゃあ、楽しむためだ。オレはエンジョイ勢だからな。

そんな返答を拳に乗せて放つ。彼はソレを真正面から受け止めた。

――ダウトだね。他になにかあるでしょ？

――……。

――ここで嘘はつけないよ。ほら、正直に話しなって。

――……あー……ここのところずっとオレを応援してくれてるヤツがいるんだが……ソイツの喜ぶ顔が見たいから、みてーな理由も……まあ……なくはない。

――ふーん、不純。

――うるせー！　じゃあお前はどうなんだよ！

――ぼく？　ぼくは、そうだな……対等に遊んでくれる人を見つけるため、かな。

――対等？

――そう。ぼく、昔からゲームだけはすごくできてさ、そのせいで、よく周りから「お前とゲームやってもつまらない」って仲間外れにされてたんだよね。だからずっと、全力のぼくと対等に遊んでくれる人を探してた。でも今日、その目的は果たせたかな。

こちらを真っ直ぐに見て告げてくるユウガ。

それがなんだかむず痒く、オレはその気持ちを誤魔化すようにして拳を振る。

――ゲームが上手すぎるのが悩み、か。天才はやっぱり違うねぇ。

――うん、違う。だけど「違う」って普通に辛いし、なにより孤独なんだよ？

――……あー、すまん。少し無神経だったか？

――ううん。だけどぼく以外にはあんまり言わない方がいいかな。

――お前レベルの天才はそうそういねーから、大丈夫だ。

――いいや、沢山いるさ。例えば《ＩＳ》とかね。

――……《ＩＳ》？

――うん。最強、不敗、最高傑作……そう呼ばれるだけの才能を持つ彼は、きっとぼくなんかには想像もできないほどの孤独を抱えているハズだから。

――……。

――ぼくがきみのような存在を求めていたように、もしかしたら《ＩＳ》も、自分と対等に遊んでくれる誰かが現れるのを待っているのかもしれないね。世界のどこかで。

――……そーかもな。もしそうなんだとしたら、その孤独ってモンを理解してくれるお前のようなヤツがいるってだけで、《ＩＳ》はいくらか救われてると思うよ。

――うん。そうだといいな。

そうやってオレたちは、拳で、ナイフで、視線で、息で、言葉を交わし合う。

ずっとこうしていたいと思えるほど、心地の良い時間。

しかし、その時間にも刻々と終わりが近づいていることに、オレたちは気づいていた。

――もっと話していたいけど、そろそろ決着をつけないとね。

――だな。どっちが勝っても恨みっこなしだ。

――うん。…………ねえ。

――なんだ？

――勝っても負けても、またいつかぼくと一緒にゲームしてくれる？

こちらの目を真っ直ぐに見据えて、そう問いかけてくるユウガ。

オレは口角を持ち上げることで、そんな意思を示す。

――もちろんだ。

すると、視線の先にある少年の頬が僅かに綻んだ気がした。

――《　★★★★スキル：雷刃閃　》

直後、常軌を逸する速度で翻ったユウガのナイフが、茨のごとき紫電を纏う。

オレは〇・一秒分のチャージを込めた拳でそれを迎え撃つ。

――《《　クリティカル・ヒット　》》

接触する。そして相殺。

46コンボ分の威力を上乗せされた《《クリティカル・ヒット》》は、★★★★レベルのスキルをも霧散させてみせる。コンボの連続成功記録は継続。これで47コンボ。

大威力の一撃をぶつけ合ったオレたちの身体(からだ)が、弾(はじ)かれるようにして吹っ飛ぶ。

痛みはない。しかし、ジンジンという痺(しび)れが足を蝕(むしば)んでくる。

着地と同時に強化スーツの【耐久値】を確認。

そして顔を上げ――オレは見た。着地に失敗し、体勢を崩しているユウガの姿を。

ここしかない。そんな考えに至った瞬間には、既に身体が動いていた。

ユウガはスキル発動による技後硬直状態にある上、体勢まで崩している。

突如としてこちらに舞い降りた、絶好の機会。

オレはすかさずチャージを開始しながら、すべてを終わらせるつもりで駆け出した。

＝＝＝

釣れた。

わざと晒した隙へと一直線に飛びついてくるシロト。

その勝利に飢えた獣のような表情を見て、ぼくは内心で笑みを零(こぼ)した。

――〈スキルの技後硬直〉は〈別のスキルの発動〉によってキャンセルできる。

その仕様に気がついたのは、つい先ほどのこと。

ぼくはその仕様を知って思った――これはカウンターに使える、と。

……《ポイズンスキン》……《雷刃閃(らいじんせん)》……そしてもう一つ。

スキルスロットの最後の一枠を埋めているスキル。ぼくのとっておきの切り札。

それは、必殺の威力を孕(はら)んだ一撃すら理不尽に跳ね返してしまうカウンタースキル。

——《★★★スキル・リバウンド・インパクト》

そうだ——

これまで彼の《クリティカル・コンボ》を封じようとしなかったのも。

いま現在、充分なチャージを行使する隙を彼に与えているのも。

すべてはこのスキルを最大限輝かせるための布石だったのだ。

シロトは既に三つのスキルを開示し終えている。

よって、ここからスキルによる予想外の一手が彼から飛び出して来ることはない。

限界まで引きつけろ。

逸(はや)る心を押さえつける。静かに闘志を滾(たぎ)らせながら、シロトが接近してくるのを待つ。

「があああああああああああああああああああああああああッ！」

全力で踏(ふ)み込んでくるシロト。

そして、その拳が己の急所に突き刺さろうとする——その寸前。

——《★★★スキル・リバウンド・インパクト》

僕は完璧といえるタイミングで、そのカードを切る。

防御も、回避も、いまから始めるには遅すぎる。

「――がッ、は！」

彼が拳に乗せて放った〈必殺の一撃〉は、そのまま彼へと跳ね返る。

勝った。盛大に後方へと吹っ飛んでいく少年の姿を見てそう思う。

「……？」

そしてぼくは、決して無視することのできない一つの違和感に気づいた。

――どうして、彼のクリティカル成功を告げるテキストが表示されない？

訪れた〈予想から外れた未来〉に、思考が一瞬停止する。脳内が真っ白になる。

そして、そんな僕を見て――シロトはその口元に笑みを浮かべた。


「今度はちゃんと、待てできたぜェ……！」


シロトが告げた言葉を耳にし、ぼくは瞬時に理解する。

――彼はいま、あえてクリティカルを狙わないという選択をしたのだと。

「そういうことか……ッ！」

トドメは《《クリティカル・ヒット》》でくるに違いない。

そんな信頼にも似た固定観念。それをまんまと利用されたのだ。

ほんの僅かに残っている彼のスーツの【耐久値】が、それを物語っている。

つまりシロトは、ぼくがカウンターを狙っていることに気づいていた。

その上で、クリティカルという〈必殺の一撃〉をあえて囮にするという選択をした。

『目の前に差し出された勝機に飛びつかずにはいられない……それはきみたち〈勝利に飢えた獣〉の普遍的な習性にして、大きな弱点の一つだよ』

一次試験でぼくがシロトに向けて放った言葉が脳裏に蘇る。

この勝利に飢えた獣は、あの敗北さえ糧として、ぼくへと食らいついてみせたのだ。

「――ちくしょう」

スキル《リバウンド・インパクト》の発動により生じる技後硬直。致命的すぎる隙。

なんとかそこから抜け出そうと力むが、身体が動いてくれる気配はない。

どうだ？　やり返してやったぞ……と。

イタズラを成功させた子供のような顔を向けてくるシロトを見て、ぼくは奥歯を噛む。

そして「悔しさ」と「清々しさ」の入り混じった感情に――小さく笑みを零した。

＝＝＝

――《　チャージカウント開始　》

──《　1　》

ユウガからもらったカウンターのダメージを受けきり、着地する。
そのまま地面を蹴り砕き、オレは弾丸のように飛び出した。

──《　2　》

前傾姿勢になりながら加速する。
早く、速く、速く。地面を踏む音さえ置き去りにして進む。

──《　3　》

無防備な状態のまま硬直しているユウガへと肉薄する。
そして、ミシミシと音が鳴るほど握り込んだ拳を、大きく振りかぶる。

──《　4　》

喉が張り裂けんばかりの勢いで、雄叫びを上げる。
シャウト効果によって脳のリミッターを外し、解放された力の全てを拳に乗せた。

──《　5　》

──ああ、楽しかった。目の前の少年が、確かにそう口にする。
それを見届けたオレは、決着の一撃をその鳩尾に向けて放った。

──《《　クリティカル・ヒット　》》

終章▼その後

1

――《ウォーゲーム・ハイスクール〈特別招待生選抜試験〉》
――《合格者：三名》
――《シロト》
――《ヒメリ》
――《カイ》

「それでは、ウォーゲーム・ハイスクールの〈特別招待生選抜試験(セレクション)〉にて、見事合格を勝ち取った三名にインタビューを行っていきたいと思います！　インタビュアーは、鳳(おおとり)財閥専属のインターネット・ヒロインであるワタシ、小指結(こざしむすぶ)が務めさせていただきます！」

試験を終えたオレたち三人を待っていたのは、一人の少女と大量の視聴者たちだった。

〈おおおおおおおおおおおおおおおおおおおお！〉

〈小指ちゃんかわいいいいいいいいいいいいいい〉

〈ヒメリちゃんに罵倒されたい〉

〈これからも応援するぞ！〉

〈最高だった！　ＧＧ！〉

目が回るほどの速さで流れていくチャット。

――おい、聞いてねーぞ。

ＶＲライブカメラをこちらに向けてくる小指に向かって、オレは視線でそう語りかける。

すると少女はイタズラを成功させた子供のような表情で、ペロと舌を出してみせた。

しかし、小指はすぐにインタビュアーの顔に戻り、右手のマイクを持ち上げる。

「まずは合格、おめでとうございます！」

合格。こちらに向けて贈られたその言葉を耳にし、オレは一瞬、動きを止める。

そっか……オレ、合格したのか。来年からウォーゲーム・ハイスクールに通えるのか。

段々とその実感が湧いてくるにつれて、肩から力が抜けていく。

そんなオレを見て、小指が小さく笑ったような気がした。

「では早速、お三方にいくつか質問させていただきます！　まず――」

小指から飛んでくる質問にたどたどしく答えていく。

正直、頭の中がふわふわしていて、オレは自分がなにを喋(しゃべ)っているのかすらもハッキリと把握できていなかった。ちゃんと答えられていればいいが。

「では、最後の質問です」

しばらくして。インタビュアーの少女はそう告げた後——

「ゲームの神様に一つだけ願いを叶(かな)えてもらえるとすれば、なにを願いますか？」

と……今回の試験とは全く関係のない質問を繋(つな)げた。

瞬間。チリと脳みそが疼(うず)いたような気がして、オレは顔を上げる。

「僕は、どんな場面でも緊張しないメンタルをください、かな」

カイが答える。

「どんなにゲームをしても疲れない身体(からだ)が欲しい、とか？」

ヒメリが答える。

「では、センパ……シロトさんは、どうですか？」

最後に、オレへとマイクの先を向けてくる小指(こざし)。

真(ま)っ直(す)ぐにこちらを捉える桃色の瞳。その視線を受け止め、オレは口を開く。

どうしてか。

その質問に対する答えは、不思議とすでに頭の中に存在していた。

「オレは——一度で良いから《ＩＳ(イズ)》と戦わせてください、ってお願いしよーかな」

2

《ウォーゲーム・ハイスクール》：生徒会室――

「会長ぉー！　いま行われていた〈特別招待生選抜試験〉なんですけどぉー！」

ドタドタと慌ただしい足音を立ててその場所に駆け込んできたのは、一人の少女。

二束にまとめられた朱髪に、見る人に猫っぽさを感じさせる目元。

そして、チャイナ服のように改造された制服。

少女は息を荒らげながら、手に持つスマートデバイスの画面を前方へと突き出す。

「うん、見てたよ」

対するは、落ち着いた雰囲気を纏った一人の少女。

深い海を思わせる蒼髪に、サファイアのような瞳。

会長。そう呼ばれた少女はコクリと頷き、浮遊するモニターへと視線を向けた。

そこに映し出されているのは、リアルタイムで行われているインタビューの映像。

そして、その中心に立っている三人の〈特別招待生〉を見て、少女は目を細める。

「備えないとね」

「はい……？　なにになです？」

「もちろん、彼らが入学してくる日に、だよ」

真剣な空気を纏い、少女は海色の髪を揺らす。

「おそらく来年度のウォーゲーム・ハイスクールは――初日から争奪戦になる」

「この三人のですか？」

「うん……特に、彼」

蒼（あお）の視線が向けられた先にいるのは――黒髪の少年、シロト。

「彼がどの〈トライブ〉に属するかで、いまのウォーゲーム・ハイスクールの勢力図は大きく書き換えられることになる」

「そ、そこまで大きいものなんですか？　彼の影響力とは」

「うん。だから……なんとしてでも生徒会に入ってもらわないと」

蒼髪の少女。ウォーゲーム・ハイスクール生徒会長――ホノリ。

朱髪（あかがみ）の少女。ウォーゲーム・ハイスクール副生徒会長――モモエ。

「忙しくなるよ」

「うう－！　頑張りますぅ－！」

二人は頷（うなず）き合い、自分たちの未来へと思いを馳（は）せた。

あとがき

この度は本作『ウォーゲーム・ハイスクール』をお手に取っていただき、誠にありがとうございます。著者の猿ヶ原と申します。

タイトルにもある通りゲームものです。そして学園ものです！

ゲームの設定をイチから考えるのって大変だ……と。なんとか本作を書き終えた今、一番に思い浮かぶのはそんな感想です。頭脳ゲーム系の作品を書かれている方々の脳内を覗いてみたいです。どうしてあんなに面白いゲームを次々と思いつけるのでしょうか。変態（褒め言葉）としか思えないですね。私も早くああなりたいな。

それでは謝辞を。

イラスト担当のまふゆ先生。超、超、超美麗なイラストでこの物語を彩っていただき、本当にありがとうございます。特に後輩ヒロインちゃんの私服デザインが天才的で、「おまかせ」でお願いして本当に正解だったと思いました。額縁に入れて飾ろうと思います！

また、担当編集様をはじめとする、この本の出版・販売にご協力いただいた全ての方々。

そして誰より、読んで下さった皆様に感謝を。

それでは、失礼します。

猿ヶ原

MF文庫J

ウォーゲーム・ハイスクール

2023年2月25日　初版発行

著者　猿ヶ原

発行者　山下直久

発行　株式会社 KADOKAWA
〒102-8177 東京都千代田区富士見 2-13-3
0570-002-301（ナビダイヤル）

印刷　株式会社広済堂ネクスト

製本　株式会社広済堂ネクスト

Printed in Japan　ISBN 978-4-04-682212-3 C0193

●お問い合わせ
https://www.kadokawa.co.jp/（「お問い合わせ」へお進みください）
※内容によっては、お答えできない場合があります。
※サポートは日本国内のみとさせていただきます。
※Japanese text only

◇◇◇

【 ファンレター、作品のご感想をお待ちしています 】
〒102-0071 東京都千代田区富士見2-13-12
株式会社KADOKAWA　MF文庫J編集部気付「猿ヶ原先生」係「まふゆ先生」係